El placer es mío

Relatos eróticos escritos por mujeres

Berenice

IV PREMIO DE LITERATURA ERÓTICA
ESCRITA POR MUJERES VÁLGAME DIOS

Jurado compuesto por:

Fernando R. Lafuente (Presidente)
Màxim Huerta
Jon Sistiaga
Laura García Lorca
Carmen Rigalt
Javier Ortega
Raúl del Pozo
Pastora Vega
Javier Rioyo
Cristina Abril
Candela Arroyo

Tras deliberación y votación al efecto, resultó
designado ganador del certamen el relato
titulado *Marcel*, del cual es autora A.M. Vidal.

© A. M. Vidal, Miranda Cabrera, Bett Cabrè,
Elena Martín y Mª Pilar Doñate Sanz, 2019

© Almuzara, s.l., 2019

www.editorialberenice.com

Primera edición: febrero de 2018
Colección Relatos

Director editorial: Javier Ortega
Edición al cuidado de Ángeles López
Maquetación: Ana Cabello

Impresión y encuadernación:
Gráficas La Paz

ISBN: 978-84-17558-96-3
Depósito Legal: CO-2280-2018

Impreso en España/*Printed in Spain*

Introito

Durante décadas, siglos en realidad, el erotismo (o la por-
nografía, que tanto da) ha sido patrimonio exclusivo del
hombre, en el ámbito creativo y fuera del mismo. La mujer
permanecía confinada al estricto papel de objeto, sin más
protagonismo que el que le confería su belleza o apostura
física; relegada al rol pasivo que ha sido, por desgracia y
con contadas excepciones, signo de la humanidad desde sus
albores.

Pero esa postergación ha encontrado firme respuesta en
tiempos recientes. Numerosas artistas han decidido aden-
trarse sin recato en las lindes de la sexualidad para dar vida
a obras que recogen su personal visión, su sensibilidad más
íntima e intransferible. Es el caso de las cinco autoras de esta
antología de relatos eróticos, finalistas de la cuarta edición
del Premio Válgame, un galardón que da voz a este género
tantas veces ninguneado, cuando no directamente censu-
rado y proscrito. La iniciativa y el mérito corresponden a Bea
Álvarez y Candela Arroyo, que timonean con pericia el local
que da nombre al certamen, y que han sabido incorporar
al proyecto a lo más granado de nuestro entorno cultural,
convirtiendo así al *Válgame* —y en un tiempo nada proclive
a proezas de esta índole— en un enclave activo, difusor de
contenidos valiosos.

El lector tiene ahora el privilegio de conocer de primera
mano todo un mundo de sensaciones, pulsiones, deseo, que
conforman un lienzo hasta ahora inédito, vedado al escruti-
nio público, pero consustancial a la vida misma.

JAVIER ORTEGA

Índice

MARCEL

por A.M. *Vidal*

Hoy estoy lúcido como si no existiese.
FERNANDO PESSOA

Me habéis pedido que escriba. Y no cualquier cosa, sino que describa yo, pues según vosotros tengo la capacidad, el enmarañado mundo de los deseos femeninos. Siendo tales mis deseos, creo que deben de ser también los de tantas otras, aunque me habéis pedido a mí, y no a ellas, que los plasme para que vosotros los podáis abrazar. De acuerdo, lo haré, y lo haré sin tapujos, sin ribetes de oro, sin escondrijos, sin disimulos que los hagan más llevaderos. Lo haré desde dentro, crudo, real, honesto. Y para eso necesito solo un lápiz, un papel y vuestra indulgencia.
NATHALIE SOUDAIN

En los cafés de esta antigua ciudad, con sus fachadas golpeadas por la nieve durante siglos, el alma se ve envuelta en una espiral que evoca un pasado frío y gris de acordes de violín y órgano que murmuran la historia europea, ensimismada en ilustración y melancolía.

Nathalie se sienta en cualquier mesa, frente a cualquier ventana. Su mirada está vacía, perdida en algún punto de un cuadro colgado en la desconchada pared. No importa en cuál, pues su retina no lo percibe.

Siguiendo las pisadas hundidas en la nieve, abre la puerta, con un paraguas chorreando en la mano, un joven de mano de una chica menuda, envuelta con una bufanda gruesa subida hasta la nariz. El ruido de las campanillas al entrar distrae por un momento la atención de Nathalie, y la nostalgia le apuñala el pecho.

La pareja se sienta sonriente en un sofá mal tapizado y seguramente incómodo. Piden chocolate y tarta de arándanos, perfecta merienda para enamorados, mientras se tienen de las manos.

Es injusto el amor de los otros cuando tu corazón padece. Y en ese momento, a pesar de sus esfuerzos, vuelven a su recuerdo las palabras de amor que le dejó escritas a Marcel la última mañana antes de dejarle marchar: te amo de tal modo que solo deseo sentirte, solo deseo respirarte, solo deseo hacerte el amor una y otra vez.

...

Empiezo vuestro encargo esta misma tarde, tras salir del café. Aún estoy algo sorprendida por vuestra petición, y sé que si me lo habéis pedido, ha sido solo gracias a la confianza que teníais en Marcel. Él ha sido mi compañero durante los últimos tres años y la única persona en el mundo a quien he hablado con sinceridad sobre lo que hay en mi interior más íntimo. Pero debo admitir que, si bien nunca he logrado escribir sobre ello y Marcel ha basado su recomendación en una suma de confianza e intuición, ni siquiera a él le he confesado todos mis anhelos más recónditos y crudos, así que vuestro encargo va a ser para mí un reto en el que he decidido abocar toda la verdad.

Reconozco que estas fantasías mías no habían aflorado completamente antes de conocer a Marcel. Si bien había deseado acercarme a ellas, el deseo era confuso y no me inspiraba más que dudas sobre mí misma, sobre lo que es aceptable y lo que no, lo que está bien y lo que no lo está. Sin embargo, ya con Marcel, el amor se hizo tan grande que liberó todo ese deseo. Sobre todo deseaba disfrutar de su excitación, independientemente de quién la causara, ya podía ser yo, otro hombre u otra mujer.

Vivíamos nuestro deseo como si hubiéramos sabido lo que iba a suceder.

...

Todo empezó el día que le conocí. Me ahorraré los adornos y os contaré lo que pasó tras una larga tarde juntos, cuando subimos a su casa y nos acostamos. Él era tan sensual... Me observaba y me tocaba como si fuera la primera vez que hubiera visto un cuerpo desnudo. Pero lo que despertó algo nuevo en mí fue cómo gemía de placer. Gemía continuamente, suave pero rítmico, delicado pero sexual. Era un sonido casi femenino, combinado con la fuerza con que me penetraba, más masculina cada vez. Y cuando llegó al orgasmo, su mirada oscura se tornó completamente animal, sus labios se entornaron en una elipse perfecta, tan sensual que me excitó más incluso que todo lo demás. Ese deseo suyo me enloqueció. Caí esa misma noche.

Es curioso, pero esa sinceridad femenina de Marcel es la que me mostró que él se había abierto a mí sin tapujos, que era sincero, y eso me llevó a acercarme a mi particular y escondida caja de Pandora. Y la abrí, no de un golpetazo, pero la abrí. Y de ahí salió de todo. Todo lo que sabía conocer, y otros deseos que no había sido capaz de mirar honestamente a la cara hasta entonces, y de los cuales llegué incluso a tener vergüenza, y miedo.

...

A veces Marcel me acariciaba como otros hombres: lo hacía bien, sí, pero como otros hombres. Pero a veces, de repente, no sé qué lo causaba, me tocaba como nunca antes me habían tocado. Lo hacía con tal maestría que su mano parecía fundirse con la mía, con mi ser, con mi alma, y yo perdía el sentido y ya no estaba segura de si era él quien me tocaba así o era yo misma, en un estado onírico en el que estaba atrapada. Y de repente, mientras yo me confundía en estas lagunas, me penetraba y yo me corría mientras me mordía el cuello como un animal de dientes afilados. Y luego, pasaba largos días sin volver a tocarme así. Esa incertidumbre y esa expectación me hacían volver loca de deseo y me sentía capaz de hacer el amor con él a cada instante.

...

Marcel posa su mano caliente entre mis piernas. Una mano casi inmóvil. Es una caricia estática. Solo calor y expectación. Y poco a poco toda la sangre de mi cuerpo se va concentrando y arremolinando ahí, bajo su mano. Más calor, más expectación. Él sabe cómo hacerlo. Me lleva al límite. De repente, empieza una caricia sutil, casi imperceptible. Y mi ser más íntimo se hincha de deseo. La yema suave de su dedo me roza, casi adrede, en el justo centro de mi lugar más escondido. Y ese simple contacto momentáneo centra en ese punto, súbitamente, todo mi ser, me nubla la mente, solo calor, solo dedo, solo centro. Acerca su boca a la mía. Y la combinación casi celestial del calor de su lengua y el calor de su dedo me estremece y me envuelve en una explosión húmeda de deseo ciego y sordo.

Y en un solo segundo me dice «Bien, ya está». Y sí, ya está, la humedad dulce recién surgida de mi ser envuelve su dedo con todo mi deseo oscuro y ancestral; lo absorbe, lo engulle y me hace sentir a su merced.

...

Pronto fuimos a vivir juntos. Marcel se mudó a mi pequeño apartamento en el centro de la ciudad. Era un piso antiguo (digo «era» porque desde que Marcel no está me he tenido que mudar, pues no podía soportar vivir en su recuerdo). Lo había alquilado dos años atrás, cuando encontré trabajo en la librería de la *rue de la Terrassière*, cerca del Museo de Historia Natural donde trabajaba Marcel. Nos habíamos visto un par de veces en la cafetería cercana al museo, la de la *rue Saint-Laurent*. Ese día yo llevaba unos libros nuevos de la librería que mi jefa me había prestado para echarles un vistazo. Uno de ellos, *Poetas italianas*, llamó la atención de Marcel, que estaba sentado en la mesita de al lado, en la terraza. Y así empezó nuestra historia, con ese pequeño detalle, ese cúmulo de coincidencias sobre las cuales nadie tiene poder ni control, pero sin las cuales mi vida hubiera podido tomar quién sabe cuántos otros rumbos distintos.

...

Al hacer el amor, Marcel es realmente un amante poético, artístico. Distingue de un modo exacto las diversas notas como si se tratara de algún tipo de ortografía musical. Se inmiscuye en una serie melancólica de movimientos y ritmos en un sentido, que concluyen en un reposo o cadencia más o menos perfectos. Voces superpuestas que repiten giros anteriormente expuestos por otras voces. No tiene como única finalidad el personal lucimiento, si no que, impregnado de la idea de poema, se constituye un verdadero dramaturgo, sin atenerse a los números sueltos. Es, en su conjunto, la causa y consecuencia de mi delirio.

Y aun siendo poesía, su compañía lleva a la inspiración, a la observación y a la consecución de la sexualidad más escondida con total libertad. Y así se fue desatando poco a poco nuestro mundo de amor y de sexo en su más puro estado. Y sí, digo de amor, pues hace falta un amor muy sincero para abarcar todo el fervor de ese mundo tan encerrado en nuestro interior.

...

Marcel y yo estábamos poco en casa. Yo terminaba en la librería a las seis de la tarde y tres días a la semana iba a casa de madame Louise, a sus clases de pintura. El museo cierra a las cinco, pero Marcel se quedaba en la biblioteca trabajando hasta tarde. Escribía cada día, pero cada día empezaba una nueva historia que nunca me dejaba leer.

Cuando estábamos juntos en casa, la belleza de nuestro mundo privado, los poetas de mi librería, las ilustraciones de peces y Lepidoptera de los libros del museo, los personajes de los relatos de Marcel... todo ello se fundía y emergía a una realidad imaginaria conjunta. Nuestra vida entonces se encaramaba en torno a tres grandes vértebras literarias, la lírica, la comedia y la tragedia. Por lo general, la música acompañaba toda esa acción, como una ópera, en la que la luz de la tarde ofrece sus más bellos efectos y sirve de complemento preciso a la más pura emoción de este espectáculo elevado. Todo esto, claro está, antes de que pasáramos al inesperado y trágico «segundo acto».

...

Me da vergüenza cuando mueve su lengua tímidamente alrededor, las manos en mis nalgas, yo de rodillas, el culo en alto, y él arrodillado también detrás de mí, mirándomelo fijamente. De pronto, una mordida fuerte e hiriente alrededor de mi agujero y la lengua se introduce ahora hasta el fondo, una sola vez, pero con la violencia de un animal. Me da vergüenza, pero me gusta demasiado como para emitir cualquier sonido o gesto que lo pudiera interrumpir. De repente el placer es tan grande que ya no soy nada. Ya no soy yo. Soy solo un objeto de su propiedad. Listo para ser lamido, violentado, penetrado con fuertes golpes de su cadera. Y cuando me entra por detrás, la vagina se me hincha y el flujo cae en una gota que me llega casi a la rodilla.

...

El día de su cumpleaños, Marcel y yo entramos en una cafetería oscura y decadente. Daba la casualidad de que aquella tarde al dueño se le había ocurrido contratar, por razones que ahora no vienen al caso, a un poeta para amenizar el ambiente. Este hecho confería, si cabe, más oscuridad a aquel antro lleno de piojos, dada la triste calidad de las poesías y el ritmo disonante del orador.

Marcel y yo nos sentamos en un rincón de la sala, lugar idóneo para sacar a escondidas nuestra botella de whisky y alegrar así un par de humildes refrescos.

«Sentado sobre el muro de la plaza de la iglesia de mi pueblo, el gato cabezón me mira de reojo, y pone en duda toda mi existencia».

...

El poeta insiste. Marcel y yo asentimos y entornamos los ojos intentando parecer gentiles. Enseguida me doy cuenta de que en realidad estoy pensando en aquel vestido fucsia que vi en algún escaparate y que me convenció de que, si me lo ponía, Marcel no podría evitar follarme aun sin habérmelo acabado de desabrochar. Cuando me doy cuenta de dónde están mis pensamientos, hago un gran esfuerzo por volver a la oscuridad de ese antro y sonrío al pobre poeta, que sigue desgañitán-

dose, quién sabe si pensando él también en algún otro deseo, en algún otro lugar.

Cuando acaba la cantinela y tras unos sordos aplausos, nos levantamos. Mientras caminamos hacia la puerta, una mano tira, como accidentalmente, del estuche roído del violín de Marcel. La mujer a la que pertenece la mano, y quizá debido al aburrimiento sufrido durante el repertorio poético, parece súbitamente interesada en nosotros. Y sin reparo, lanza una alabanza hacia el mutilado estuche mientras, y eso es sin duda lo que me deja perpleja, hace un gesto y una vocecita de lo más insinuante y sensual. Tardo unos cuantos pasos en reaccionar y comprender. Quizá demasiado tarde. Apenas ponemos los pies en la calle, caigo, entre sorprendida y arrepentida de ser tan lenta, en el objetivo de su insinuación. Estoy segura de que Marcel ha entendido también. Pero no me dice nada. A veces su discreción me revienta. Marcel, ¿por qué no corres hacia ella y la llevas con nosotros? Y abres mi coño con tus dedos de arco y de violín, dejándolo todo al alcance de su boca, mientras me dices mirándome fijamente: «Aquí tienes. Córrete tantas veces como puedas…».

Pero Marcel ya se está liando un cigarro, quizá intentando alejar rápidamente de su mente la posibilidad de un coño ajeno. O quizá pensando simplemente en parar a por unas pizzas.

...

Esa misma noche, al llegar a casa, le conté a Marcel lo que hubiera deseado. Él me miraba fijamente a los ojos mientras yo hablaba, no decía una palabra, solo me tenía de las manos con suavidad y se mantenía en silencio, incluso cuando yo callaba porque me avergonzaba o porque no sabía cómo expresarme. Le dije que deseaba haber tenido tan cerca a aquella mujer que mis labios rozaran el lóbulo de su oreja, que deseaba, con los ojos entreabiertos para no perder detalle entre la realidad y la imaginación, descubrir su pecho y acariciarla. Deseaba desnudar a esa mujer y me la imaginaba con una piel perfecta y suave, delgada, de caderas tan estrechas como alguien que nunca ha sido penetrada. Deseaba que desnudos y entrelazados los tres, Marcel me acompañara en ese deseo, y estuviera a mi lado mientras ella encajaba sus piernas abiertas sobre mí, haciendo coincidir nuestros clítoris hinchados y moviéndose en una caricia más suave que la de la yema de los dedos, más húmeda y con más calor. Solo quien lo haya sentido puede entender a qué suavidad me refiero...

...

Marcel abre mis piernas flexionadas y se aparta un poco para dejar expuesto el manjar que está degustando. El chico lo observa, mientras su novia aprieta su pene con los labios, y mirando a Marcel le susurra: qué buena pinta... *Yo le sonrío para asentir a su afirmación y darle vía libre. Él acerca su mano y me acaricia la pierna. Ya está, ya no hay prisa, ya nos hemos entendido, así que cada uno seguimos un rato más a lo nuestro. Marcel lamiéndome, el chico dejándose lamer, mirándome a los ojos. Al cabo de poco él se acerca, la chica se separa y por primera vez le veo la cara. Es preciosa. Me da igual si Marcel piensa lo mismo, me da igual si la desea. Ya no siento celos, ni miedo, ni pudor. Solo la deseo. Están ya tan cerca que la cojo por la nuca, la miro un segundo a los ojos verde oscuro y la beso. Un beso para sentir su lengua. La llamo «preciosa», las dos sonreímos. Marcel y su novio nos abrazan y nos miran quedándose un instante al margen, como comprendiendo que es nuestro momento. Y de repente, las dos, movidas por una sensación de deber o de solidaridad, movemos nuestras manos hacia sus cuerpos, para implicarlos en ese momento de delirio que nos ha pillado por sorpresa. Marcel me abraza por detrás, de pie, y me empieza a acariciar. Yo la abrazo a ella por la espalda, mientras le aprieto los pechos blandos, y ella besa a su novio. Me gusta tanto esa sensación en mis manos que quiero compartirla con Marcel, así que cojo su mano y se la poso en uno de sus grandes pechos. Y beso a Marcel, y la beso a ella. Siento cierta confusión que me impide pensar, pero los movimientos de los cuatro surgen sin esfuerzo, sin cálculo, como si hubieran estado descritos desde el comienzo de los tiempos. De repente me encuentro arrodillada frente a ella, con mi lengua sintiendo el sabor salado de su vagina rasurada. Me sorprende ese sabor suave, y lo delicado de la piel tan mojada entre sus piernas. Me siento hacer algo prohibido, nunca antes permitido, amoral... Pero nunca hubiera imaginado el placer que me podía causar justamente esa amoralidad. Y ese sabor...*

Lo que más recuerdo ahora es la complicidad en la mirada de Marcel, de ella, de él. Nunca sabremos sus nombres. Nunca los volveremos a ver. Pero esa forma de mirarnos fue la que embelleció un acto que podía haber sido tan crudo.

Él está sentado, orgulloso de su pene enorme y recto. Ella se lo mete en la boca otra vez. Marcel y yo les miramos mientras me penetra, los dos de pie frente a ellos. Ella me pregunta: «¿Quieres chupar tú también?». Unos segundos de duda son suficientes para que Marcel me empuje ligeramente dejándolo todo claro. Acerco mi boca yo también, ella se aparta y me acaricia la espalda. Su polla es demasiado grande, pero me gusta la sensación de saber que no me cabe en la boca. Cierro los ojos para dedicarme por completo a él, poco tiempo, pero el suficiente para que él le diga a Marcel «Qué bien la chupa, ¿no?» y Marcel se corra.

...

A veces, tras un encuentro como este, me sentía extraña, me preguntaba si era yo la misma que ayer estaba sumergida en esa ceguera sin límites, sin moral, sin juicio y sin final. Me parecía que ahora, sentados en la terraza de casa, leyendo un libro, ni Marcel ni yo éramos las mismas personas.

Marcel leía concentrado, abstraído con toda su alma y también con todo su cuerpo. De repente, con una capacidad momentánea de salir y volver a entrar en la fantasía de ese mundo, alargaba la mano sin levantar la vista de los renglones de su libro y me apartaba un mechón de pelo de la cara, enredándomelo tras la oreja, en un gesto tierno y consciente.

Pasábamos así tardes enteras, solo saliendo de nuestros mundos para comer algo o fumar un cigarro juntos. Nuestras mentes estaban enfermas de literatura, conectadas a otras realidades, realidades provenientes de otras mentes que habían creado en sus propios delirios. Era un mundo tan rico, tan extenso, que abarcaba ideas y lugares tan lejanos que vivíamos casi siempre fuera de nuestra propia vida, y esta era siempre una dispersión, una belleza, un placer.

...

Como os he dicho, hay deseos que nunca llegué a confesarle a Marcel, quizá por no atreverme, quizá porque no tuve tiempo de hacerlo antes de su muerte.

Pero me he comprometido a ser sincera y por eso os lo revelaré todo sin miedo, pues sé que el deseo de una mujer también puede ser escandaloso, turbador y causar incluso rechazo; aunque yo ya no tengo miedo. Él confiaba en mí para vuestro encargo, y yo también.

Cuando no hacía mucho que nos conocíamos, Marcel me contó una historia que requiere de mucho valor para ser confesada. Me dijo que había tenido un encuentro con un transexual. Yo me sentí algo incómoda y también un poco celosa, pero, muerta de curiosidad, le pedí que me lo contara con detalle. Mientras le escuchaba con atención, me dejaba llevar por la imaginación y, al descubrir la excitación que me causaba, me di cuenta de que para nosotros ya no había límites.

Marcel me contó cuánto se excitó al besar los pechos de esa mujer, mientras al mismo tiempo podía tocar su pene, que era sorprendentemente grande. Le pedí más detalles. Me contó que ella intentó penetrarle, pero la primera vez es siempre difícil. Esa imagen tan vívida desató un nuevo deseo en mí y anhelé con todas mis fuerzas estar yo también allí, y ayudarlo a él en su virginidad, acompañar el pene de ella hacia el interior de mi hermoso Marcel, y mientras ella entra, yo beso a Marcel arriba y abajo de su pene. Deseé también que después, cuando ella ya se hubiera abierto camino, Marcel entrara dentro de mí, y así poder mirarlo a los ojos, enloquecidos de placer, mientras me penetraba. Admirarlo sumergido en un placer demoledor, nuevo, nunca antes imaginado, al límite entre el dolor y la locura.

...

Nunca aprendí a existir, y por eso ahora pago las consecuencias. Nunca pensé siquiera en la existencia de la triste verdad eterna de la muerte. Tan ingenua era, y tan lejos de la vida vivía...

Ahora, con el tiempo, el dolor empieza a hacerse algo más soportable; lo he esparcido como un bálsamo sobre mi cama, sobre mi ciudad, sobre la tierra misma.

En el último acto de nuestra función privada, las tardes de libros y notas y las noches de su cuerpo desnudo y suave dieron triste y torpe paso a las largas horas en un sillón sin sentido al lado de una cama sin sentido en una sala de hospital. Es así la enfermedad que no avisa, que no tiene piedad y que parece haber llegado ahí como por equivocación.

Bastante tiempo tuve esa sensación, la de que todo debía de ser un error, y que Marcel estaba bien, que no era posible que su vida estuviera escrita así, que fuera en esa dirección. Aun pasando los días a su lado, en el hospital, me negaba a creer lo que parecía estar sucediendo. Pero Marcel no despertaba, y el pasado parecía más lejano e incomprensible cada vez. Y ahí, toda nuestra historia se rompió como un cristal, y todo mi deseo se aplacó, ya no sentía mi cuerpo, ya no lo quería sentir. Solo quería amar a Marcel, que me mirara a los ojos, que existiera, aunque ya no quedara un atisbo de lo que fue, en realidad.

Pero Marcel, en su cama que nunca fue suya, inmóvil y en silencio, me anunciaba el final. Y en el último momento calló, con lo que parecía un gesto de obstinación y de orgullo, como si acabaran de rescatarlo del mar.

...

Ahora mi alma pasea a veces conmigo por las calles oscuras y, poco a poco, aprendo qué significa vivir en el recuerdo.

...

No estoy segura de que Marcel quiera o no... A veces, cuando se acuesta en la cama, simplemente cierra los ojos y se queda dormido al instante. Pero yo, a veces, siento tan despierto mi amor por este hombre que necesito literalmente hacerle el amor. Así que aunque tiene los ojos cerrados, y de verdad no querría incomodarle, me quito el pantalón del pijama con discreción y subo encima de él. Me muevo con timidez, intentando averiguar si puedo continuar o no... hasta que siento la dureza de ese pene que tanto adoro, bajo mi cuerpo. Qué alivio... Ahora sí, puedo seguir, lo puedo tener.

Marcel se quita la ropa también, sin apartarme, y ahora el contacto me lleva al éxtasis. El movimiento empieza a hacerse más rítmico pero suave. Marcel está excitado, pero continúa lentamente. Entramos uno en el otro a través de una mirada fija pero amplia, nos hablamos también con ella, y en absoluto silencio estamos juntos en algún lugar lejano, cósmico.

El contacto húmedo surge de un punto preciso, y al compás de nuestro suave movimiento se expande hasta nuestros pies, hasta nuestra frente; y mirándonos a los ojos comprendemos que es el mismo placer el que nos está envolviendo a ambos, que todo es uno. Y ese placer me hace tener un orgasmo que me deja casi sin sentido. Y Marcel, al sentirlo, se corre también, antes aún de haberme penetrado.

...

Una tarde triste como si hubiera llovido, me vino a la cabeza una frase de un libro que hacía tiempo había llegado hasta él, y que Marcel me leyó: «Sin mí el sol nace y se apaga, sin mí la lluvia cae y el viento gime».

LA MUJER MORENA

por *Miranda Molina*

El retratista era uno de esos clientes del bufete para los que mi padre había trabajado a cambio de nada. Se llamaba Lucas, como su padre, como el evangelista pintor. Era extranjero. De su acento original solo quedaba un cierto gusto, como el del comino bien administrado en el hummus. Había venido de algún lugar en Europa huyendo de sí mismo y se había quedado aquí, como tantos otros, atrapado por el sol y por el caos, por el agua caliente del Mediterráneo y por el vino. Era un hombre mayor. Su barba y bigotes eran canos, tenía esa piel propia de marineros que envejece prematuramente por el sol, pero en la que después se detiene el tiempo, como en el cuero. Me lo imaginaba con olor y sabor a salitre. Cerca de él, una botella de licor sin etiquetar esperaba turno, pero no le vi dar ni un sorbo. Sí bebió café y mucha agua. Hacía calor. Ambos sudábamos. Supongo que él vería brillos en mi piel, al igual que yo los veía en la suya.

Vivía en una casa en un extremo de El Campello desde la que se veía el mar, aunque fuera de lejos. Algunas tardes, charlaba durante horas con mi padre en una tranquila cafetería del interior. Mi madre pensaba que era un hombre culto y amable, pero sin suerte. Su hijo había muerto en un accidente de tráfico y su matrimonio no pudo superarlo. Supe, por mi familia, que vivía de una pensión exigua que complementaba vendiendo cuadros de aire romántico, marinas agradables a la vista de las que se olvidan en cuanto dejas de mirarlas. Uno de sus cuadros decoraba una de las paredes de nuestro piso de la playa, compartiendo su función con otros detalles que acumulaban polvo desde los setenta. Con el tiempo, he llegado a pensar que mi padre y el pintor eran dos caras de una moneda: el hombre de familia que se ganó bien la vida haciendo lo que era de esperar, y el hombre al que un azar siniestro le deparó la libertad. Cada uno tenía mucho que envidiar al otro.

El primer verano después de mi pubertad —lo recuerdo porque llegué a la playa con más confianza que nunca, luciendo lo que había envidiado en algunas amigas— entré una tarde cualquiera en la cafetería y pedí a mi padre una Coca-Cola. Me dio unas monedas y me dijo que fuera a pedirla a la barra. Estaba con Lucas, que me hizo un gesto amigable y se lo devolví. Me resultaba simpático, pero indescifrable, como un vagabundo.

—Tu hija parece una modelo de Romero de Torres. Me gustaría retratarla —comentó *sotto voce* a mi padre, como si no quisiera que yo le oyese.

No supe entonces lo que quería decir tal cosa, no

podía hacer esa sencilla magia que supone sentarse frente a un ordenador y buscar en Google. Internet era aún algo nuevo, accesible a futuristas, locos y expertos. Sospeché que sería uno de esos piropos, mitigados por pura convención, que a los hombres mayores se les escapaban al verme, y que yo había aprendido a ignorar bien instruida por mis mayores. Seguía siendo una niña, pero no era difícil adivinar que pronto mi cuerpo sería parecido a los de mi hermana o mi madre y había visto cómo las miraban quienes no se sabían observados.

—Paisano mío. Precisamente este octubre, tengo planeado hacer un viaje a Córdoba —dijo mi padre. Cumplió lo dicho un mes y medio después.

Mi padre creció muy lejos de Medina Azahara. Como a tantos otros niños de su edad, le arrastraron la guerra y sus horrores lejos de su hogar. Para celebrar su sesenta cumpleaños, se llevó a toda la familia a visitar Andalucía.

Apenas comenzamos a caminar cerca de la mezquita, un chico con fuerte acento me gritó que haría la procesión del Corpus de rodillas para ver todos los días mi sonrisa, pero no se estaba fijando solo en mi boca. Mi madre, al oírlo, le miró con desdén. Seguí mirándole mientras me apartaba de allí casi a rastras.

Mis padres eran ambos aficionados al arte, les gustaba visitar museos e incluso comprar reproducciones y, como había sido el caso con Lucas, algún original de artistas poco conocidos. Entramos en el museo de Romero de Torres. Mi hermana y yo nos dejamos cualquier trazo de entusiasmo en la puerta, como se deja una rebeca en un perchero. Nos separamos. Recorrí con cierto hastío las salas, a toda prisa, sin fijarme demasiado en las pinturas. El tiempo ocupado en admirar la ciudad me había agotado. Cuando, ya cansada, quise sentarme en un banco para visitantes, me encontré frente a un cuadro de casi dos metros de lado en el que una mujer reposaba desnuda e indiferente a las alcahuetas a su alrededor, dándonos la espalda a los curiosos, como si dijera: «Se ve, pero no se toca». Envidié su seguridad, quise tenerla para mí, que me sentía delgaducha y algo lánguida. Frívola de mí, evalué su cuerpo y el mío. Podríamos haber intercambiado nuestra ropa sin el menor problema, ella podría haber tomado prestada cada una de mis prendas para salir del edificio y dar una vuelta por la ciudad, mientras yo me quedaba descansando a la vista de todos en sus sábanas sin que nadie lo notara. *El pecado*, se llamaba la obra.

En el fondo del cuadro había una iglesia. Un desafío del pintor, imaginé. Cuando iba a irme, apareció un grupo diminuto perteneciente a una visita guiada que me rodeó sin que les importunara mi presencia. Con una voz profunda para ser tan joven como aparentaba, el guía nos contó que aquel se consideraba uno de los mejores desnudos del siglo. Carraspeó al decirlo, como si un impulso infantil hiciera costoso decir esas palabras. Explicó después que el pintor adoraba a las mujeres, que trataba a sus modelos con respeto y que no siguió el canon de belleza de la época, sino que elegía mujeres trabajadoras, de tez y pelo morenos, delgadas y sensuales. Al terminar, me miró directamente a los ojos y al ver que yo le correspondía, bajó la cara avergonzado. Era una obra de madurez, la modelo se llamaba Adela Moyano, aclaró. Años después pudieron exponer el cuadro que lo complementaba, uno en el que la mujer aparecía arrepentida por algo y que se llamaba *La gracia*.

A esa edad ya comprendía perfectamente lo que significaba ser respetuoso con la modelo. Me costaba imaginarme, sin embargo, lo que podría sentir esa melliza mía de otro tiempo así expuesta frente a los ojos de un hombre que la estudiaba centímetro a centímetro. Me preguntaba si dolía ser convertida en una naturaleza muerta, congelada para el deseo venidero, si no querría ser acariciada. Decidí entonces aceptar el desafío del pintor de la playa. Quizás hubiera de morir como los gatos, por culpa de la curiosidad, pero me negaba a hacerlo por hastío.

No me sentí como esperaba posando para él. Aunque con un vestido veraniego y con sandalias, iba completamente vestida —parece mentira los pocos centímetros de tela que son necesarios para marcar la diferencia—. Era fácil olvidar que Lucas copiaba los matices que captaba, que yo estaba allí porque había accedido a regalar mi serenidad. No es que me hubiera prohibido moverme —de hecho, con cierta frecuencia me indicaba lo que quería que hiciese, en función de lo que él pintaba—, pero sabía que mi trabajo allí era la inmovilidad. Lo único que se me ocurrió preguntarle fue el tópico de si me dejaba ver el cuadro y me contestó con otro tópico: que me dejaría verlo cuando estuviera terminado.

Aburrida, jugué a adivinar formas en las ubicuas manchas de pintura de la habitación como solía hacerlo en las nubes en la playa. La quietud me agotaba. En los rayos de luz de mediodía flotaban diminutos fantasmas de polvo desiguales. Recordé el colegio. Las monjas me habían reprendido muchas veces por moverme durante el periodo de oración. Pero me había librado de ellas y no las echaba de menos. Estaba en el instituto. Tenía dieciséis años. Los azotes, de ahora en adelante, solo serían parte de los juegos.

Una hora después, no pude evitar que se me escapara un sonoro suspiro.

—Espero que no te encuentres muy incómoda. Pronto nos tomaremos un descanso —dijo.

Sonreí como única respuesta. Creyéndome muy pícara, dejé caer mis sandalias. Había leído en un libro de poemas que los pies descalzos son preludio de desnudez, pero si mis pies le llamaron la atención o le gustaron, no lo mostró. Avergonzada por mi estupidez, casi vuelvo a calzarme, pensé que no serían tan bonitos como para fijarse en ellos y que, viviendo en la costa, Lucas debía ver decenas cada día.

Por fin, dejó el pincel apoyado en un vaso donde adivino que habría aguarrás o aceite de linaza y se limpió las manos en un trapo. Me dijo que podía ir a la cocina a por un refresco si quería, que él estaba muy sucio. Acepté su ofrecimiento y pregunté dónde tenía el aseo.

Noté un olor a lejía antes de abrir por completo la puerta de su cuarto de baño. Supuse que habría limpiado justo antes de que yo llegara. Hasta la toalla olía aún a suavizante. Quedaban, eso sí, algunas pistas que los hombres mayores y solos ya ni perciben y que hablan de su propio caos: una maquinilla de afeitar oxidada; una pila de viejas revistas en un bidé cuyo uso no tenía ya sentido; un tubo de pasta de dientes apretado como lo hacen los niños y un juguete para la bañera tan antiguo que su goma ya era rígida. En la pared en la que se apoyaba el inodoro, reconocí una réplica de *La casta Susana*. Mi padre nos había hecho recorrer el Prado de arriba abajo en las sucesivas visitas que hacíamos a Madrid cada vez que tenía que ir a ver a algún cliente o atender un juicio. Era un cuadro llamativo. Mi madre nos había contado la historia representada: la preciosa mujer desnuda, Susana, es sorprendida por dos viejos verdes. En el cuadro, ella intentaba cubrirse, girando hacia el espectador que se convierte en otro mirón. Los viejos no pueden ver sus pechos ni su sexo, pero pueden ver su grupa, su trasero, su pelo caoba, que cae como caen unas enredaderas que hay por toda la escena. El público del museo tiene que conformarse con lo que se le da, como el solemne felino de piedra que, en el cuadro, se asoma por una esquina a un estanque que cae fuera del marco, pero en el que se puede suponer que ella se refleja. Era un cuadro para *voyeurs*. Al contrario que en *El pecado*, la mujer no parecía disfrutar de la compañía. Con poca frecuencia ocurre que podamos estar desnudas y disfrutar que se nos mire y que, el que lo hace, murmure y desee. Era un cuadro bello, muy bien ejecutado, pero perturbador. Susana no daba envidia. Sentí algo de miedo. Qué lugar tan extraño para un cuadro así. Pensé que, dado que él era un hombre y que los hombres suelen mirar justo al frente mientras orinan, tal vez le gustaba ejercer de mirón cada mañana al levantarse. Tal vez la vergüenza fuese excitante para él.

Frente al inodoro, *La cara de la guerra*. Los cuadros de Dalí son identificables incluso para los aficionados inexpertos. Era un cuadro terrible, nada que me pudiera apetecer ver cada día, aunque quizás le faltase algo tan atávico como la sangre para ser aún más conmovedor. No pude ni imaginar qué había llevado a Lucas a colocar esa máscara terrible en un lugar tan íntimo. Tal vez estuviera allí porque Dalí era también un *voyeur*. Recordé en ese momento una historia que contaba un amigo del instituto sobre él. Al parecer, se excitaba cuando haciendo el amor con Gala ella dejaba escapar una flatulencia. A mí esa historia me hacía reír a carcajadas. Me imaginaba una intensa escena de amor como la de *Instinto básico* en la que a la amazona se le escapara una ventosidad. Imaginaba al director airado chillando que cortaran y al actor principal desconcertado. Mi compañero no me dijo de dónde había sacado la historia, pero sé que fue de un artículo de *Penthouse* tomada en préstamo de la mesilla de su padre. Mi amigo tenía las mismas ganas de estrenarse que cualquier otro chico de su edad, y yo ya había pensado hacerle el favor de ser yo quien le acompañase, pero no me había decidido. Era un tío divertido y nos teníamos cariño. Mi hermana me había avisado: no se podía pedir mucho más para una primera vez. Eso de hacerlo con alguien de quien estuviera realmente enamorada y todas esas cosas que decían los viejos eran mitologías de catecismo. ¿Para qué? Nada dura para siempre, el sexo tenía que ser por lo menos entretenido, cosa que el amor tendía a estropear. Además, la primera vez, estadísticamente, era siempre un desastre, así que lo mejor era que sucediese con alguien de confianza. Alguien, pensé, con quien poder reírme o llorar, si se daba el caso. Alguien con quien pudiera escapárseme un pedo y mofarme de mí misma sin que me entrasen ganas de salir por la ventana y de su vida para siempre, con quien llevarme bien, como Gala y Dalí.

Cogí un refresco de naranja. Me mojé los labios y volví al estudio con la botella abierta. Había cambiado la luz.

—Estarás agotada —dijo—. Si quieres podemos continuar otro día. Además, tengo apuntes suficientes para terminar sin ti.

—Es verdad que esto de ser modelo cansa más de lo que esperaba —confesé.

Vi unos cuantos cuadros en los que apenas había reparado antes. Estaban medio ocultos por muebles viejos y algunas marinas polvorientas. Debían ser grandes, porque asomaban tras estas.

—¿Puedo verlos?

Tardó en responder. Creo que tenía algo de miedo. Puede que esos cuadros estuvieran ocultos por una razón. Quizá fueran retratos de un ser querido. Si yo fuera él, imaginé, habría retratos ficticios de mi hijo a diferentes edades. Tal vez hubiera creado cumpleaños que nunca sucederían.

—Claro.

Comencé a retirar con cuidado los lienzos más grandes. Aunque su técnica era tan buena como la de un falsificador, Lucas no tenía un gran talento creativo, no era original ni sorprendente. Sus cuadros eran copias, aunque muy logradas, de obras famosas. Era como escuchar a un imitador haciendo gala de su capacidad para hablar con la voz de alguien conocido, pero nunca oír una palabra dicha por él mismo.

—Es lo que mejor vendo. Son encargos. La gente me los pide y yo introduzco alguna variación. Al principio era una especie de firma, pero ahora incluso me indican qué es lo que quieren. Hice un cuadro como *El beso* de Klimt, pero los amantes se parecían a las personas que me lo encargaron. Tengo uno secándose que parece el *Paseo por la playa* de Sorolla, pero son la mujer y la hija del cliente las retratadas.

Me detuve en las imágenes un momento. Recordé aquel cuerpo de Córdoba.

—¿Y alguien te ha pedido que pintes a su mujer desnuda? ¿Tienes alguno?

Reconozco que la pregunta estaba hecha con todo el descaro del mundo. Pude oír su garganta intentando tragar detrás de mí. Buscó entre los cuadros como quien busca con avidez entre el correo una factura urgente antes de quedarse sin luz. Llegó a un lienzo de más o menos un metro por dos y, con algo de esfuerzo, me lo expuso. Era una mujer de cadera ancha, tumbada en una sábana rosa, tal vez de seda, desnuda salvo por una joya en su dedo y un coletero. Como en aquel cuadro de Romero de Torres, daba la espalda al espectador. Muchos hombres prefieren vernos desnudas de espaldas; tal vez sea algo primitivo, de los tiempos en los que éramos casi animales y nos apareábamos en praderas. Tal vez sea timidez, o un ansia masculina por tener lo que no pueden y las mujeres que no les miran les parecen más distantes. Imposible de saber. Alguien me dijo una vez que los hombres que preferían los pechos eran más agresivos, que se habían quedado en la fase oral y eran inmaduros, justo al contrario que los que preferían los culos. Me sonó a patraña, a lectura inacabada de las obras de Freud.

—Es *Desnudo de mujer*, de Sorolla, pero no es Clotilde, su mujer. Se parece mucho, pero es la esposa del cliente. Elegí este cuadro al verla. El peinado es diferente, y el anillo, pero sus...

Le miré extrañada, esperando a que terminase de hablar.

—... nalgas.

Reprimí la risa. Las nalgas, los glúteos, el trasero, las posaderas, el culo y todos los sinónimos del mundo se convierten en tabú cuando lo dice un viejo delante de una adolescente. Yo era consciente de mi poder, de lo asimétrica que era aquella conversación. No era una niña recién salida de un huevo. Algunas de mis amigas aseguraban no tener nada que aprender. Yo solo estaba esperando encontrar con quién me apeteciera de verdad hacerlo, como si eligiese la carrera o un puesto de trabajo.

—Es precioso. ¿Por qué está aquí todavía? —pregunté. Pensé que así disiparíamos un poco la tensión.

—El cliente tiene que venir. No vive aquí. Viene en vacaciones.

—¿Hay alguno más? —dije clavándole los ojos. Sudaba aún más que antes. Sus manos temblaban. Volvió a mover los cuadros y me mostró un desnudo frontal. Los ojos se iban de inmediato al torso pálido e iluminado que terminaba justo a la altura del sexo, donde una enorme serpiente lo tapaba. Llevando la mirada hacia las zonas más oscuras, me encontré con la cabeza de la boa a punto de atacar y el rostro de la mujer en penumbra que sonreía con malicia.

—*El pecado.* La serpiente en el de von Stuck es aún más difícil de distinguir del pelo. El cabello también es más largo en el cuadro de verdad. Mi modelo lo llevaba así. Estuvo posando mientras su marido leía en el sillón como el que espera a ser atendido por el médico. Se ve algo de vello púbico, más que en el original. Quizás su intención es que fueran una el reptil y la humana, Eva transfigurada, convertida en la tentación misma. Como si el pecado de Adán hubiera sido la propia lujuria. Me inquieta.

El único cuadro en el que la mujer desnuda le miraba de frente, en el que parecía llevar la iniciativa, era el que le inquietaba. La serpiente amenazando con morder me pareció el símbolo de la valentía, del cambio definitivo. Aquella mujer no debía de ser Eva, sino Lilith, la fémina que fue condenada a la expulsión del paraíso —y de la Biblia— por querer compartir el dominio de la carne con ese primer hombre tan blando.

—¿También está pendiente de recogida? —pregunté.

—No. El marido lector vino cuando convinimos y me pagó el cuadro. Lo estuvo mirando con rabia. Llegó a cogerlo y se le pusieron las manos blancas de tanto apretar el bastidor. De repente, lo lanzó por los aires. El cuadro sufrió un pequeño accidente —dijo señalando un desgarro casi inapreciable— y entonces él resbaló, o quizá tropezase. Se le quedaron las piernas como de goma. Casi se parte la cabeza. Lloraba desconsolado. Saqué algo de coñac y dos copas, puse el cuadro a salvo y dejé que me contara. Ella le había abandonado. Verse en el cuadro, le dijo, la hizo sentir fuerte para buscar a alguien que no la aburriera cada día.

—Cuánta responsabilidad.

—Demasiada —contestó.

Dejó todos los cuadros en su sitio.

—Querría continuar. Aunque a lo mejor ya no es posible —le dije.

—Aún sí. Puedes volver a sentarte.

El último cuadro me había dado una idea. Al fin y al cabo, se llamaba como aquel de Romero de Torres que había conseguido que yo estuviera allí en el estudio. Dos obras de arte con un mismo nombre, con un mismo motivo y, sin embargo, tan diferentes. La cara de la modelo cordobesa también podía verse, aparecía reflejada en un espejo, pero comparada con el cuerpo parecía un accesorio, daba la impresión de que no necesitaba vernos, que simplemente nos había descubierto allí, plantados, observando. En el cuadro de von Stuck la mirada no era limpia, sino más provocadora que la piel desnuda. Yo aún no sabía usar esa mirada, aunque podría haberlo intentado.

—Tendré que esforzarme para captar mejor tus ojos. Tienes unos ojos muy grandes, muy oscuros.

El primer chico que me besó me llamaba «ojazos». Los hombres se sentían atraídos por ellos. Una vez me dijeron que eran como palomas, y descubrí que eso era del *Cantar de los cantares*. Otra me dijeron que eran como fuentes, y supe que lo copiaron de *Las mil y una noches*. Me halagaba, por supuesto, pero en el fondo no sabía —y sigo sin saberlo— por qué debía resultar eso más poético que decirme llanamente que despertaba su deseo. Los humanos podemos presumir de profundos, pero solo somos actores dramáticos que disimulan su naturaleza orgánica.

El sol aún estaba alto. Había tiempo. Lucas se concentró un minuto en su cuadro, sin mirarme, cambiando quizá un rasgo, o quizá el color. Que no estuviera pendiente de mí ayudó a que me decidiera, a que me pusiera a prueba, a que venciera mi propio tedio. Saqué uno de los finos tirantes de mi vestido, me libré del sujetador que mi madre me hacía llevar aún por entonces. No me miró hasta que estuve desnuda de cintura para arriba.

—¿Es que estás loca, o es que quieres que tu padre me mate?

Su acento era ya muy evidente y resultaba encantador.

—Yo no voy a decírselo.

—Pero el cuadro es otro. Eres tú con tu vestido, y es para él.

—Pinta otro cuadro, píntalo para mí —le dije mientras en un solo acto dejaba caer el vestido completo—. ¿Cómo crees que sería mejor, de frente o de espaldas?

No reaccionaba. Supongo que estaba pensándoselo, que intentaba calcular todas las posibilidades sin ser capaz. Tenía que alentarle. Sus manos temblaron de nuevo.

—Creo que será mejor que me saques de espaldas.

Mis pechos me parecen aún pequeños. Confío en que crezcan un poco en el futuro. ¿A ti qué te parecen?

Por contestación, entornó aún más la persiana.

—Está bien. Está bien. Tendrás que sentarte o recostarte.

—Si no te importa, prefiero quedarme así, en pie. Puedes traer el retrato que estás pintando para que lo vea, eso me gustaría.

Cabeceó. Casi lo arranca del soporte para dejarlo donde yo pudiera verlo, justo al lado de los que me había mostrado antes. Aunque estaba sin terminar, pude reconocerme perfectamente. Mi rostro parecía algo distraído, podría interpretarse que estaba de mal humor. No me extrañó. Una vez me sacaron una foto durmiendo y parecía que estaba enfadada, como si soñara que había dejado de hablar a mi mejor amiga.

—Es estupendo.

Corrió a por otro lienzo y a por un lapicero con el que comenzaba los bosquejos directamente sobre las telas. Era buen dibujante. Le escuché rascando el algodón preparado con el grafito durante un rato. Estaba avergonzada, pero sabía que él lo estaba aún más, y eso y la idea de ser la casta Susana frente a los ancianos, de ser descubierta frágil y desnuda, me excitaban lo suficiente como para olvidarme del pudor. De repente pensé que quizá tendría que advertirle que no me tocara y eso distrajo mi excitación, pero no fue necesario. No se acercó a mí ni un paso. Su caballete marcó una frontera entre él y yo, y seguí oyendo el rumor de las herramientas de su oficio en un silencio para nada más interrumpido.

Era la mujer morena, tan poderosa, tan ansiada. Sentí el palpitar de mi sexo.

—Espera —dije. Me bajé las bragas de un tirón para evitar que me detuviera el pudor. Quise dejarme llevar por la tentación de volver la cabeza e imaginé que me volvería sal, que no podría dar el siguiente paso si lo hacía. Busqué un punto neutro al que mirar, pero imaginaba los ojos de Eva espiándome, a través de los poros de los tejidos trenzados de las pinturas, e invitándome a continuar, y supe que no había marcha atrás.

Me acaricié la vulva. Tenía el vello suave, pero aún no me lo arreglaba. No era necesario, se mantenía en su sitio, largo, tal vez, enmarañado a veces, pero me gustaba así porque cada vez que algo lo rozaba podía sentir una descarga que subía por mi espina dorsal. Su aspecto recordaba al *Origen del mundo* de Courbet, muy apropiado para ese instante. Introduje el dedo corazón y acaricié los labios a ambos lados de la hendidura pudenda, un nombre que hacía pensar que tuviera que ocultarse para siempre de ojos propios y ajenos. Lo peor es que acabas creyéndote esos cuentos. Ya entonces me había propuesto un chico masturbarme frente a él y mi única respuesta fue una tajante negativa y un bofetón; pero ahora era decisión mía.

Chupé la primera falange de ese dedo húmedo pensando en el viejo marinero y el salitre, pensando en que me viera. No quería que me tocase, no quería verle todavía. Al dedo corazón sumé el índice y el anular y los dejé bien ensalivados. No es que lo necesitara demasiado: mi vagina resbalaba ya como el jabón. Eché la pelvis hacia delante y me acaricié el monte de Venus, solo que no era de Venus, era mío y solo mío, no nos hacía falta ninguna otra diosa venérea en aquel cuarto porque yo me sentía ya suficientemente divina. Mis dedos no tardaron en encontrar el capuchón de mi clítoris. Los moví en la dirección de las agujas del reloj una y otra vez. Sé que se me desencajó el rostro cuando el orgasmo se acercaba, porque ya conocía mis gestos. Hice por no cerrar los ojos, necesitaba el gran final, necesitaba volverme en el momento preciso del clímax y mirar al pintor. Subestimé mi excitación. Toqué el hombro con la barbilla, se me escaparon los gemidos que preceden al estallido y entonces, al verle, no pude reprimirme y cerré los párpados, apreté los dientes y respiré a través de ellos mientras me corría. Podría haber seguido, podría haber tenido un segundo orgasmo fácilmente, pero decidí detenerme. No sé cuánto tiempo estuve recuperándome, tomando carrerilla para poder dar la vuelta, sintiendo una serenidad desconocida para mí, a pesar de esa culpa que viene con la resolución —otro nombre estúpido, como si hubiera algo que arreglar en un orgasmo, habría que renombrar tantas cosas—.

Él ya no estaba pintando, solo observaba estático. Se avergonzó de su propia excitación, tan humana, tan visible a través del viejo pantalón de lino manchado de óleo. Respiré profundamente sin dejar de mirarle y aunque pensé en qué decir, preferí vestirme. Primero recuperé el vestido, después las braguitas de algodón blanco. El sujetador se vendría a casa en mi enorme bolso playero.

Me acerqué a él y vi miedo en su cara, como si fuera un niño que esperase un castigo. Creo que temía que cayera sobre él algo que no podía permitirse. Pero yo no pretendía nada. Asomada al lienzo, pude comprobar que sí había estado pintando, que se había quedado con esos momentos que precedieron al orgasmo, que había captado el rostro con destreza, pero que había parado, que lo había dejado incompleto y que él mismo no creía ser capaz de acabarlo.

—Termínalo. Algún día volveré a por él. Cuando pueda llevármelo a mi propia casa —le dije. Le di un beso en la mejilla y no esperé ni un segundo más para dirigirme hacia la puerta. Seguí viéndole por las tardes, bebiendo con mi padre. Al cruzarnos, siempre saludaba con gesto inseguro y se tranquilizaba con mi sonrisa.

No fui nunca a por el retrato. Lucas murió cuando mi primer hijo ya tenía un par de años. El gestor de una notaría me hizo llegar el lienzo enrollado. Permanece a la espera del momento en el que mostrárselo al hombre que ahora me mira por las noches cuando duermo desnuda bocabajo.

EL DESPERTAR

por *Bett Cabrè*

He dormido contigo y al despertar tu boca salida de tu sueño
me dio el sabor de tierra, de agua marina, de algas,
del fondo de tu vida, y recibí tu beso mojado por la aurora
como si me llegara del mar que nos rodea.

PABLO NERUDA

Cada vez que a Lucrecia le preguntaban por qué seguía sosteniendo un matrimonio sin pasión su respuesta era la misma: «Nos tenemos mucho cariño, ya es como si fuéramos hermanos».

Era difícil imaginar que una mujer joven de veinticinco años llevara siete casada con un hombre para quien el sexo nunca era algo importante en la pareja. Años atrás aún era adolescente y sus hormonas armaban una revolución en su cuerpo. Revolución que fue aplacando con el correr de los años y disfrazando con un cariño casi fraternal.

Lucrecia estudiaba, trabajaba, era buena esposa, buena hermana, buena hija, amiga. Creía tener una vida perfecta, mostrándose agradable siempre a los demás, guardando cada vez más ocultos sus deseos verdaderos.

Su cuerpo comenzó a darle señales, comenzó a tener sueños extraños para ella, con mujeres que tocaban su cuerpo desnudo. Se despertaba en mitad de la noche con su cuerpo bañado en sudor, su ropa interior empapada de un flujo transparente que le pedía a gritos salir de su vagina. Pero todo ese estado de éxtasis onírico se difuminaba al abrir los ojos, voltearse a un lado en su cama y ver a su compañero durmiendo, muchas veces con la boca abierta y emitiendo unos ruidos que más que ronquidos parecían rebuznos de asno.

Ese hombre tenía unos enormes ojos marrones, pero no podía o no quería apreciar la hermosura de su mujer. No se deleitaba viéndola caminar desnuda meneando sus pechos para un lado y para el otro, y sus caderas, que por sí solas tenían un ritmo caribeño. No le provocaba una erección el roce de su piel, perfecta continuación de una espalda que, a la luz de la luna, se podía confundir con la escultura de alguna diosa griega.

Lucrecia no pensaba en eso; solo quería agradar a los demás aun a costa de sacrificar sus propios deseos. Esos sueños raros con mujeres que la tocaban trataba de olvidarlos al día siguiente. Como un libro mágico que se abría por las noches y por la mañana se cerraba bajo siete llaves.

...

Cierto día, en su trabajo rutinario, en una de esas mañanas donde no hay mucho que hacer en la oficina, estaba chateando con sus amigas de Facebook mientras veía las publicaciones que iban apareciendo, nada fuera de lo común.

De repente le apareció en Facebook una sugerencia de grupo. Le llamó la atención el nombre: *El anillo de la reina Victoria.* Se imaginó algún grupo sobre historia o filosofía, o feminismo, que generalmente solía integrar para adquirir información sobre talleres, muestras, charlas, etc.

Su curiosidad la llevó a enviar una solicitud para unirse al grupo, el cual no tenía mucha información ya que era privado. Estaba ansiosa por ver de qué se trataba, pensó que podría ser un grupo interesante para debatir sobre filosofía, pero su suposición más certera era que podría ser un grupo feminista, ya que las integrantes eran todas mujeres. Y durante toda esa mañana mientras hacía algunas tareas en su trabajo, se fijaba cuando podía si le habían aceptado la solicitud. Cosa que no pasó durante toda la mañana. Lucrecia regresó a su casa haciendo el camino de siempre, caminando los ciento veintisiete pasos hasta llegar a la parada de autobús, viajando las veinticinco cuadras, caminando tres cuadras más para tomar el segundo ómnibus que la llevara a su destino. Su vida era demasiado monótona para tener solamente veinticinco años, y lo sabía, pero había en ella un halo de resignación y de inventar una falsa felicidad con lo que tenía.

Por la noche estaba sola en el salón, mientras su esposo dormía, cansado por la jornada laboral, y sin mucho que hacer; con la incómoda comodidad que tenía con su vida marital. Lucrecia encendió su ordenador y abrió su Facebook, y lo primero que vio fue la solicitud de grupo aceptada. Su corazón, casi sin ella comprenderlo, comenzó a latir más fuerte, y comenzó a investigar de qué se trataba el grupo; se dio cuenta de que era un grupo exclusivo para mujeres lesbianas. Esto llamó poderosamente su atención. Eran unas ciento cincuenta participantes que compartían música, fotos de mujeres famosas y películas de temática lésbica; algunas compartían su historia personal y pedían consejos, otras habían encontrado pareja dentro del grupo o habían entablado una amistad virtual que se había ido afianzando con el tiempo. Luego de ver las publicaciones, a Lucrecia le interesó ver a las participantes. Su mano sostenía con fuerza el ratón del ordenador y como por inercia iba descendiendo, pasando la lista de cada participante, como buscando algo que también la estaba buscando a ella.

...

Después de haber pasado unos veintiséis perfiles de participantes, se detuvo en uno que la llenó de intriga. Inmediatamente fue a ver su perfil, al ver su foto sintió un escalofrío extraño, un cosquilleo raro en su vagina que nuevamente le pedía expulsar, como un volcán lleno de lava, ese flujo transparente y cálido que le provocaba la excitación de ver a aquella mujer morocha, de mirada penetrante, sublime y perversa a la vez, que sonreía desafiante.

Lucrecia no entendía por qué estaba así, por qué sentía esas cosas nuevas en su cuerpo, era como un embrujo que le había provocado la foto de esa mujer, que casualmente se hacía llamar Hechicera. Tenía sentimientos encontrados, quería pero a la vez no quería sentir toda esa rebelión en su sangre; su mente intentaba poner un freno, pero el ejército de sus células le ofrecía batalla, eran como un pueblo levantándose, haciendo frente a su opresor. Una lucha interna entre el deseo incontenible sobre esa mujer y la tranquilidad de una esposa poco feliz pero con marido.

Pasaron varios días y noches en las que Lucrecia no paraba de pensar en esa extraña mujer. Solo atinaba a ponerle «me gusta» a sus publicaciones, las cuales daban cuenta de una mujer instruida y muy interesante. Era como un demonio que volaba todas las noches hasta su cama y la poseía de manera perniciosa, demonio que no temía, pues la única sensación que le provocaba era deseo. En sus sueños se le representaba con una lengua gigantesca y ardiente que recorría lentamente todo su cuerpo dejando la huella de su saliva en cada poro, hasta llegar a su vagina para incrustarse como una daga filosa que la hacía despertar a medianoche con un grito de placer ahogado en su garganta. A veces tenía que cubrirse la boca para no emitir sonidos y despertar a su esposo, que dormía profundamente a su lado.

Después de varios días de sentirse entre el cielo y el infierno, y ya no contener las ganas de conocer a esa extraña mujer, decidió enviarle un mensaje privado en Facebook. Para su sorpresa, rápidamente fue respondido con un «Hola hermosa» que la tuvo por un instante en un estado crepuscular del que difícilmente pudo salir y continuar una conversación.

Beatriz, además de ser una mujer muy atractiva e inteligente, estaba rodeada por un toque de magia, un misterio que atrapaba aún más el interés de Lucrecia. Y entre charlas pasaban varias horas de desvelo.

...

Era una mujer muy experimentada en cuestiones de relaciones y sabía que estaba ante una niña prácticamente inocente, que estaba investigando un mundo desconocido para ella, un universo que solo conocía en sus sueños. A Beatriz Lucrecia le gustó desde el primer momento en que hablaron. La cautivó su inocencia, su juventud, su inmadurez. Por eso no dudó en ser ella, la mujer fatal, la que dio el segundo paso: la propuesta de encuentro.

Beatriz tenía una cabaña en una playa poco visitada en la cual se refugiaba los fines de semana, donde se inspiraba para pintar cuadros inmensos con coloridos oleos, o pequeños cuadros con acuarelas. Solía ir todos los fines de semana en invierno, donde no había casi gente, donde los días eran fríos y húmedos y el gris del cielo se confundía con los colores del mar, que a veces estaba picado y dejaba ver una gama interesante de colores en sus aguas. Beatriz se sentaba sobre la ventana de su cabaña y pasaba horas pintando mientras contemplaba ese paisaje magnánimo.

—Te invito a mi cabaña el fin de semana —escribió Beatriz en su ventana de chat.

Lucrecia inspiró y contuvo la respiración un instante, podía sentir el latido de su corazón acelerado, como mil caballos galopando a la vez. Sintió dudas, tuvo miedo, le pasaron mil cosas por la cabeza en un segundo, pero principalmente pensaba qué excusa le pondría a su esposo para poder ir. El miedo la incitaba a negarse a aceptar la invitación, pero el deseo hacia esa mujer y su corazón, que se le salía del pecho de la emoción, eran más fuertes y no se pudo resistir.

Ese viernes por la noche, después de decirle a su esposo que debía viajar el sábado por una cuestión del trabajo y sin dar muchas explicaciones —que el hombre tampoco pidió— Lucrecia armó su pequeña maleta y esperó ansiosa que dieran las diez de la mañana del sábado para ir a la parada de autobús e iniciar un breve viaje que cambiaría su vida por completo.

Sus manos estaban sudorosas. A pesar de que hacía frío esa mañana de invierno Lucrecia secaba con su pañuelo su cuello y desabrochaba un par de botones de su camisa como si estuviera en pleno verano. Su cuerpo vibraba. Aun antes de encontrarse con Beatriz, tenía un montón de sensaciones nuevas en su cuerpo y sonreía por dentro de felicidad.

...

Al llegar a la estación de la costa donde debía bajarse, Lucrecia agarró con fuerza su pequeña maleta, sentía su cara ruborizada y la sangre de sus venas corriendo a gran velocidad. Al bajar quedó parada inmóvil, sin saber qué hacer. De repente observó a Beatriz venir hacia ella, con su andar elegante, su cabello negro y largo, una campera y una bufanda que le tapaba los labios pero dejaba ver unos ojos oscuros hipnotizantes. Lucrecia la vio perfecta: sus piernas, su andar, sus cabellos, su perfume, todo en una mezcla exquisita que hacían a esa mujer lo más deseado del mundo.

Lucrecia no podía contener sus nervios, hasta su voz sonó temblorosa y torpe cuando dijo: «Hola, Beatriz».

Beatriz la rodeó con sus brazos y apretó su cuerpo al de ella con fuerza, como un niño cuando abraza a un peluche; ella sintió cómo esos brazos delgados y frágiles podían protegerla de los monstruos más temibles. Se sintió desfallecer, pero intentó disimularlo en el automóvil de Beatriz, mientras se dirigían a la casa. En el trayecto no intercambiaron muchas palabras. Lucrecia solo atinaba a contemplar la hermosura de Beatriz; no podía evitarlo, se sentía hipnotizada y se dejaba llevar, no le importaba dónde ir si era con ella.

Al llegar a la cabaña, Beatriz le abrió la puerta amablemente para que entrara. Ella tímidamente entró y se quedó parada en un rincón. Beatriz, mientras tanto, se quitó su abrigo, abrió una botella de vino tinto y sirvió dos copas. El frío exterior contrastaba con el calor que irradiaba el fogón de la cabaña y la calidez que había dejado en Lucrecia el abrazo de Beatriz.

—Ponte cómoda —dijo Beatriz. Lucrecia, con movimientos torpes, se quitó el abrigo y lo dejó sobre la silla mientras veía cómo lentamente Beatriz se iba acercando a ella con las copas de vino en la mano, con su andar tan sensual y su mirada penetrante que hacían que Lucrecia sintiera espasmos en sus más íntimas partes. Lucrecia apenas pudo tomar un sorbo de vino. Posó la copa en la mesa sin dejar de mirar a Beatriz, que bebía de su copa con la delicadeza de una reina.

—¿Estás bien? —preguntó.

—Sí, muy… —contestó Lucrecia.

…

Beatriz dejó la copa en la mesa y se acercó a Lucrecia lentamente, como un felino salvaje que busca el momento justo para dar el zarpazo letal a su presa. Lucrecia estaba obnubilada, solo observaba cada movimiento y cada gesto de Beatriz, que la miraba fijamente a los ojos. Al cabo de un segundo la cara de Beatriz estaba tan cerca de la mejilla roja de Lucrecia que podía sentirla húmeda por la respiración apenas entrecortada. Un instante que pareció eterno, un silencio abismal. Lucrecia ya no podía controlar más su cuerpo. Sentía que sus hormonas revolucionadas habían causado un estado de sitio interno, un caos en el que ya no tenía otra opción que rendirse y dejarse llevar.

Beatriz tomó su estrecha cintura con fuerza y la besó de manera animal, como un leopardo que atrapa a su presa. Lucrecia sintió que sus piernas se debilitaban y ya no podían sostenerla en pie, como una gacela rendida a merced de ese felino opresor. Ahogada con la lengua y la respiración agitada de Beatriz, imaginaba que su vida ya pendía de un hilo. Tenía escalofríos, la piel de gallina y sus pezones rígidos se notaban debajo de la blusa, pezones a los que rápidamente las manos de Beatriz fueron a acariciar. Esos pechos estaban tan suaves, turgentes, tan perfectos que el solo roce con sus dedos provocaba en ella una excitación como nunca antes había experimentado.

Beatriz se detuvo por un instante, tomó a Lucrecia de la mano y la llevó hasta el cuarto. Mientras iban caminando Lucrecia podía notar cómo sus piernas temblaban y apenas podía mantenerse en pie. Su vagina se había abierto como una flor y su ropa interior estaba mojada, tan mojada como un campo verde después de una intensa lluvia.

Beatriz la tomó por atrás y la besó en el cuello y la nuca, pasando su lengua por su oreja mientras le susurraba al oído palabras que para Lucrecia sonaban como campanas celestiales. En un momento de excitación incontenible para las dos, Lucrecia se dio la vuelta y besó en la boca a Beatriz, con desesperación: sus lenguas se enfrentaban en una batalla húmeda y sus salivas entremezcladas parecían calmar la sed de pasión que cada una tenía.

...

Beatriz le desabrochó la camisa y se la arrancó con furia, como si sacara del camino algo que obstruyera el paso y no dejaba avanzar. Con la misma furia desprendió su sostén y se perdió en sus pechos calientes y sudados. Besaba uno a uno y pasaba su lengua por cada pezón, los tomaba con sus manos y los unía en el centro del pecho poniendo su cara entre ellos y volvía a besarlos una vez y otra vez más. Podía escuchar el latido del corazón de Lucrecia, el latido vivo, alterado, galopante, que junto con sus tímidos jadeos componía para ella una sinfonía perfecta.

Beatriz se quitó el suéter —no tenía nada más debajo— y Lucrecia pudo observar ese torso desnudo y brillante que deseaba tener encima de su cuerpo. Se dejó caer sobre la cama y se entregó a Beatriz con los ojos cerrados. Beatriz continuó besándola, pasando su lengua por cada pedazo de su piel, desde el ombligo hasta sus pechos, su cuello, pasar por su boca y volver a bajar, era como una danza sincronizada donde cada movimiento hacia estallar aún más el clítoris fibroso de Lucrecia. Ella solo se dejaba llevar, besaba los brazos de Beatriz, acariciaba su espalda marcando con sus uñas un territorio que, para ella, le pertenecía.

El juego de besos interminables de Beatriz las obligó a desnudarse por completo. Ya no había nada que se interpusiera entre sus cuerpos, a los que se veía pálidos y frágiles a la luz tenue de la lámpara, pero al tocarse producían un fuego abrasador que se alimentaba de los deseos más profundos que ambas podían alentar. Beatriz la observaba. El cuerpo de Lucrecia parecía tallado a mano por un artesano; lo notaba tan joven, casi intransitado, casi sin vello ni marcas. Y le pareció perfecta. De su vagina caían tibias gotas, que por efecto de la gravedad, y al estar sentada de rodillas, recorrían su pierna hasta perderse entre las sábanas. Lucrecia no podía creer que despertara tanto deseo en alguien, y sonrió feliz, como nunca antes. Beatriz continuó besándola hasta llegar a su pubis, donde Lucrecia la detuvo. Sintió pudor porque nunca alguien había llegado tan lejos besándola. Pero Beatriz le susurró tiernamente:

«Tranquila», y le transmitió la confianza que necesitaba. Abrió entonces sus piernas y se entregó, como tirándose al vacío, flotando, desconociendo lo que había más allá. Sintió los dientes incisivos de Beatriz que presionaban suavemente su monte de Venus, mientras su lengua serpenteaba lento por sus labios mayores, jugando de lado a lado, lento, rápido, mojado, sin tocar el centro, el clítoris, la frutilla del postre que se veía colorada y a punto de estallar.

...

Lucrecia, enloquecida de placer, jamás imaginó que su cuerpo podía provocar todas esas reacciones ante cada beso, cada caricia, cada aliento que Beatriz le ofrecía. Se sintió despertar de un sueño profundo, como una flor que extiende sus pétalos por primera vez. Sintió en sus venas correr la sangre con fuerza, y su clítoris latir, pulsar como si tuviera otro corazón, uno más grande, alimentado por pasión y lleno de vida.

Las mejillas de Beatriz estaban mojadas por los jugos lujuriosos que salían de Lucrecia. Hacía el amor como si fuera un arte, conocía exactamente la manera de manejar la respiración, su jadeo, respirar con la nariz, respirar con la boca, mover la lengua, todo era minuciosamente trabajado para que saliera a la perfección. Sosteniendo con sus manos abiertas las nalgas de Lucrecia, trazaba una línea con sus dedos desde el coxis, bajando por el ano, hasta llegar al monte de Venus, con la delicadeza de una *geisha*. Volvía a subir y a bajar sus dedos trazando esa línea imaginaria hasta súbitamente meter su dedo en la vagina. Se sintió parte de ella, al estar dentro; sentía cómo las paredes del canal vaginal apretaban con fuerza, como pidiendo a gritos que se quedase. Pero ella sacó su dedo mojado y brillante y lo chupó, como si degustara el dulce más rico jamás inventado. Volvió a meter su dedo, ahora acompañado de su lengua, que pasaba por sus labios y el clítoris. Metía y sacaba el dedo acompañado del movimiento de su lengua con suavidad, con fuerza, lento, rápido, de todas las maneras que se le ocurrían. Y claramente podía darse cuenta de cómo iba emanando cada vez más calor de toda esa zona. Lucrecia agarraba fuerte los cabellos de Beatriz mientras jadeaba con desesperación, pidiendo más y más.

Cuando Beatriz se dio cuenta de que Lucrecia estaba a punto de tener un orgasmo sacó rápidamente su dedo de la vagina y dejó de besar sus partes íntimas, a punto de estallar. Lucrecia no entendió qué sucedía y la miró casi con enojo porque le negaban ese instante tan esperado de placer. Pero su amante, por toda explicación le levantó una pierna, la movió hacia un costado como la pata de una rana e incrustó su centro entre las dos piernas de Lucrecia, quedando perfectamente encastrada, como un rompecabezas que se completa con la pieza que falta; de tal forma que sus vaginas quedaron pegadas, como ventosas, los labios apretados, sus clítoris erectos, sensibles al roce, mojadas.

El calor que salía de ellas podía derretir un iceberg. Beatriz comenzó a moverse, sus caderas se meneaban como si fuera una odalisca danzando en el infierno, o en el cielo, daba igual. Lucrecia intentó acompañar ese movimiento erótico copiando el compás de Beatriz. Sus cuerpos enteros todos sudados y sus respiraciones agitadas acompañaban ese vaivén afrodisiaco, esa especie de rito sexual que las estaba enloqueciendo. Hasta que Lucrecia no pudo contener más ese grito de placer callado por años, ese orgasmo contenido, ese cúmulo de pólvora que estaba a punto de explotar y tragarse el clítoris de Beatriz, prácticamente dentro de ella. Se desarmó en un grito, entre lágrimas, sudor, flujos y salivas espesas. Sus espasmos vaginales abrían y cerraban su canal como si entonara una canción. Esas pequeñas contracciones, esa explosión química, se sintió en la vagina de Beatriz, que inmediatamente tuvo su orgasmo, tan perfectamente preparado para llegar las dos juntas al clímax cósmico que se expandía por todo el universo de sus cuerpos, y ese estado ideal, paradisíaco, magnánimo que se sellaba con un abrazo exhausto sobre el pecho de Lucrecia.

Se quedaron en silencio hasta quedarse dormidas profundamente. Toda la habitación irradiaba felicidad, plenitud; así se sentían ellas, fundidas en un abrazo eterno, hechas una sola.

Al caer el atardecer Lucrecia le dijo a Beatriz que iba al baño, necesitaba orinar. Pero Beatriz, que no quería despegarse de ella, se bajó de la cama y se recostó en el piso, apoyando su espalda sobre el frío cerámico, y dijo:

—Oríname.

Lucrecia, sorprendida y ruborizada, sonrió, pero al ver a Beatriz como si fuera una venus lujuriosa pidiéndole que derramase su orina sobre ella se excitó y no se pudo negar a esa experiencia. Se colocó sobre Beatriz y tímidamente dejó caer ese fluido ámbar sobre sus pechos; su estado de excitación y frenesí era tremendo, y veía cómo iba descendiendo lentamente por su ombligo como una cascada hasta llegar al monte de Venus y perderse entre su vello púbico y su vagina. Beatriz le pidió que se recostara sobre ella mientras seguía regando su cuerpo con su líquido; líquido que a Beatriz le parecía un elixir mágico y que Lucrecia terminó de derramar justo en su vagina, mezclándose con el flujo del deseo que le provocó ese momento. Sus cuerpos calientes y mojados se unieron como una fórmula química perfecta mezclando todos los fluidos de sus cuerpos; las dos gritaron de placer una vez más.

...

Ya exhaustas y con sus cuerpos fríos, pero aún mojados por el fluido que se esparcía en ellos, se fueron a dar una ducha caliente. No podían dejar de besarse y de acariciar cada porción de piel, que se hacía más suave al contacto con el agua tibia.

Así pasaron la noche, durmiendo abrazadas, desnudas, en una cama inmensa. Lejos del mundo, lejos de todos. Solo ellas, sus cuerpos, su sexo. Y la suave luz de la lámpara que apenas dejaba ver sus rostros llenos de felicidad.

Lucrecia no podía creer estar viviendo tanta felicidad, pues por primera vez se sentía libre, plena, deseada, y no pudo contener sus lágrimas. No quería despertar de ese sueño maravilloso, no quería que pasasen las horas; hubiera dado su alma por detener el tiempo en el instante en que Beatriz la abrazó por la espalda al dormir. Se sintió tan vulnerable y a la vez tan protegida entre sus brazos que no necesitaba nada más.

Al día siguiente las dos sabían que era el momento de volver a la realidad. Desayunaron juntas entre risas y besos. Ambas sabían que lo que había pasado entre ellas no era solo un encuentro fugaz. Lucrecia ya no sería jamás la misma. Había despertado a la mujer que llevaba dormida tantos años, disfrazada de buena esposa. Quería pensar en ella, en su felicidad; esa felicidad que había encontrado junto a Beatriz. Eran como dos almas que se habían buscado durante siglos y por fin se habían encontrado, ese fin de semana; ya no iban a separarse jamás.

Se despidieron en la estación. Lucrecia tomó su maleta y cerró su abrigo. No quería despedirse de Beatriz, pero sabía que esa despedida iba a ser muy corta ya que estaba decidida a pelear por su felicidad. Beatriz la abrazó fuerte y le dio un largo beso en la mejilla mientras le susurraba al oído: «Vuelve pronto, mi amor».

Lucrecia estalló de felicidad y con una sonrisa retomó su viaje de vuelta a esa realidad que no quería más, que siempre aceptó resignada. Sentía en cada célula de su cuerpo la presencia de Beatriz, que toda ella era de Beatriz, desde siempre, desde el principio de los tiempos. Volvía a su realidad solo para cerrar un ciclo y comenzar una vida nueva al lado de quien ella creía y sentía que era su destino.

NUDO

por *Elena Martín*

Me ata.

Me ata y yo me entrego. Me dejo llevar por su juego, me ofrezco como un regalo. Soy un juguete para su voluntad. Él es el Maestro; sabe lo que hace. Lo tuve claro en cuanto le vi. Adiviné su maestría en el fondo de su mirada.

Pero no fue eso lo que me sedujo: yo no soy una sumisa, soy una guerrera.

Lo que me desarmó fue su deseo. Al mirarme, se notaba su apetito: en la oscuridad de sus ojos, en el leve movimiento de las comisuras de sus labios, en el brillo húmedo de sus caninos.

Ese apetito voraz fue el que me obligó a la entrega. Desde entonces solo quiero que me ate.

La primera vez que me lo propuso me aseguró que le gustaban las proporciones de mi cuerpo para practicar su arte.

—¿Qué arte? —pregunté, haciéndome la ingenua.

—El *Shibari* —respondió el Maestro como si confesara un secreto oscuro.

El tamaño no excesivo de mis pechos, la anchura de mis caderas, la redondez de mi culo...

Según él, todo resultaba perfecto para hacer de mi cuerpo atado una escultura perfecta, sublime.

Le dije que sí, que aceptaba su juego.

—Mi arte —puntualizó el Maestro.

Me llevó a su casa, un enorme y destartalado piso cerca del puerto, y me tendió sobre un futón mullido en el centro del salón. Me desnudó despacio, contemplándome, y luego se quitó él también la ropa, lentamente. Cubrió su desnudez con un kimono de seda negro, suelto, sin atar, dejando ver su sexo. Eso me hizo sonreír solo un momento, porque luego comenzó a atarme con unas cuerdas no muy gruesas, suaves, frías.

Lo hizo despacio, acariciando cada parte de mi cuerpo con cuidado, con delicadeza. No me colgó del complicado sistema de poleas que destacaba en el techo en lugar de la lámpara. Solo me ató.

—Esta es la forma más elemental de atadura —explicó al terminar su obra—, no es la que más placer proporciona, pero así te haces una idea de lo que quiero...

Estaba equivocado. Esa fue, en realidad, la atadura que más placer me regaló de todas: la primera. Porque su deseo era como el de un avaro hacia su tesoro; un deseo perfecto, único y profundo, al que me entregué rendida.

Me convertí en la guerrera que comprende su derrota y acepta la tortura magistral que le debe infligir el samurái que la ha vencido.

Me penetró allí mismo, sobre el futón mullido, con urgencia.

Las ataduras se fueron complicando con el tiempo. Yo cada vez quería más. Anticipaba mi placer en su mirada, en su deseo. Los nuevos nudos enmarcaban mis pezones, oprimían deliciosamente mi clítoris, se enredaban con fuerza en mis nalgas... Siempre precisos, ni demasiado apretados ni flojos. Al terminar, el Maestro lamía las marcas de las cuerdas o frotaba su sexo sobre ellas. No podíamos parar. Nos encontrábamos todos los días en aquel enorme salón casi vacío. Yo esperaba ansiosa para ver la cuerda en su mano, él sacaba fotos de mi cuerpo atado en cada nueva forma que se le ocurría.

La primera vez que me colgó del techo, me tapó los ojos primero. Después, recorrió todo mi cuerpo atándolo, con más nudos que nunca, hasta unir mis muñecas con los tobillos y dejarme colgando solo de la cintura. La falta de visión y la ingravidez a la que estaba sometida me excitaban de una forma nueva. Sabía que el Maestro me observaba ansioso; mi sexo quedaba expuesto en esa postura, a su alcance. Esperé la penetración anticipando la fuerza de su empuje, deseosa, húmeda.

Pero fue su lengua la que acarició mi vulva, la que me penetró levemente, la que me lamió sin pausa.

Desde entonces siempre me cuelga. Floto en un universo ingrávido, libre de toda responsabilidad y toda culpa. No puedo sentir vergüenza por nada. Solo soy un cuerpo en manos del Maestro, él es el culpable de todo lo que hacemos, su deseo es el que me mueve, el que me hace volar. Estoy en buenas manos.

Pero el deseo es caprichoso, voluble, frágil. Y el del Maestro hacia mí duró poco. No había pasado ni un año desde nuestro primer encuentro y ya se había cansado. Había puesto en práctica todas las ataduras y los nudos que su imaginación le iba dictando. Ya no sabía qué hacer. Por eso, un día me propuso hacerme un tatuaje. Acepté de inmediato.

Me llevó al taller de un amigo y le pidió que me tatuara cinco rosas en una nalga. Él mismo eligió el dibujo. Las rosas, entrelazadas en un diseño circular, recuerdan las marcas de las ganaderías. El Maestro las considera su propio hierro, diseñado en honor a Kurt, el fundador del famoso club que trajo por primera vez a nuestro país a Osada Steve, el gran *nawashi* al que tanto admira.

Ese nuevo símbolo de posesión sobre mi cuerpo, avivó su deseo durante algún tiempo. Lo miraba con detenimiento, lo dejaba libre de ataduras, asomando entre las cuerdas, lo lamía. Mi culo, gracias a las cinco rosas, volvió a parecerle interesante. Me ataba de rodillas, con las manos a la espalda. Me amordazaba, como si quisiera humillarme, regocijarse en su poder, en su dominio. Se convirtió en el amo que nunca había sido. Hacía vibrar las cuerdas en mi espalda, colocaba nudos sobre mi ano. Después me liberaba, me penetraba y yo enloquecía.

Por desgracia, ese nuevo interés tampoco duró mucho. Nuestra relación se volvió más metódica, casi profesional. Los encuentros se espaciaron y cuando se producían, el Maestro se mostraba más pendiente del resultado estético de las ataduras y de hacer buenas fotos que del placer que sus actos producían. Así, el sexo entre nosotros se convirtió en algo mecánico, aburrido. En algún momento temí que dejaría de buscarme, que no volvería a atarme. Y tuve miedo.

Pero un día vino a recogerme al trabajo para invitarme de nuevo a su casa. Allí nos esperaba Ella, la nueva conquista del Maestro. Quería atarnos juntas. Volví a ver el deseo en los ojos del Maestro, pero no me miraban a mí, sino a Ella. Era joven y más baja que yo. También tenía más curvas. Sus pechos se mostraban generosos, redondos, firmes, y sus caderas más anchas. Era mucho más voluptuosa que yo. Su carne sobresalía deliciosamente entre las cuerdas, mullida, apetecible.

El Maestro no paraba de mirarla, de tocarla. Pero los ojos de Ella me pertenecían. Las comisuras de sus labios temblaban al mirar los míos. Su lengua rosada y jugosa humedecía sin querer sus dientes, que asomaban brillantes cuando yo me acercaba. Volvía a ser dueña del deseo: del de Ella.

Así formamos un trío perfecto; dominados de nuevo por el deseo. El Maestro buscando a Ella y Ella a mí. Yo nutriéndome de la avidez de ambos. Ella no jugaba al mismo juego que yo, no obedecía ciegamente al Maestro y eso hacía que él la deseara más. Era como un premio que no conseguía del todo, como el agua que se escurre entre las manos cuando tienes mucha sed.

Por eso cambió de táctica. Para tenerla contenta y atraparla cada vez más en las redes que tejía con sus cuerdas, le propuso enseñarle algo de su arte, si es que estaba interesada. Ella se entusiasmó. Quería aprenderlo todo, quería atarme como el Maestro, porque quería darme placer.

Poco a poco fue aprendiendo a hacer los nudos y los distintos tipos de ataduras que luego practicaba sobre mí, siguiendo las indicaciones del Maestro. Aquellas sesiones resultaron muy especiales para los tres. El Maestro recibía siempre su premio al terminar el ejercicio porque Ella se mostraba encendida y le complacía en sus peticiones, después me buscaba a mí, me lamía, me desataba con cuidado, me acariciaba o frotaba salvajemente. El Maestro se recuperaba rápido ante tanta pasión y volvíamos a empezar. Yo no podía parar de gemir.

Una tarde, el Maestro anunció que Ella ya estaba preparada para atarme sin su ayuda y, tras pasarle las cuerdas, se sentó en un borde del futón a contemplarnos.

Ella cogió el manojo de cuerda de yute y con un tirón rápido de su mano, decidido y seguro, la desplegó elegantemente. Con mayor habilidad de lo que imaginaba, comenzó a atarme. Primero, rodeó mis muñecas cruzadas en la espalda y después, tensó la cuerda alrededor de mis brazos y hombros.

—Puedes colgarla, si quieres —sugirió el Maestro complacido, excitado; su erección abultando bajo el kimono.

Ella asintió levemente y, sin dejar de mirarme, confeccionó alrededor de mi cintura y mis muslos el arnés para colgarme del techo. Repentinamente, en un par de tirones de las cuerdas, me hizo volar y quedé completamente suspendida de la anilla, girando lentamente sobre mí misma. El vértigo más placentero del abandono me hacía vibrar en el aire, esperando las caricias de Ella. Pero el Maestro, embelesado con el espectáculo y la maestría de su alumna, no le dejó tocarme. Cogió unas tijeras que guardaba en una mesita y se acercó con ellas a mí. Acarició mi vientre con el frío metal mientras Ella y yo no dejábamos de mirarnos.

De repente, el Maestro cortó las cuerdas que me sujetaban y me dejó tirada sobre el mullido futón observando como él penetraba incansable a Ella, que gemía y se retorcía excitada al verme atrapada en las ataduras que había elaborado para mí. Cuando terminaron, Ella se apresuró a soltarme, a lamerme las marcas que sus cuerdas habían dejado en mi piel, más profundas que otras veces, porque estuve más tiempo con ellas oprimiéndome.

¡Qué placer el alivio de su boca sobre los roces! ¡Qué maravilla su gesto tan tierno al soltarme! En ese momento, algo me asustó: ¿era posible que Ella sintiera hacia mí algo más que ese deseo profundo que yo tanto necesitaba? ¿Podría ser que se estuviera enamorando?

El Maestro ya no pensaba en otra cosa. Le daba clases a Ella cada día. Le explicaba los orígenes de su arte, las clases de nudos y ataduras, los secretos. Yo les escuchaba con cierto interés, meciéndome en sus palabras, dejando mi cuerpo abandonado en sus manos. Sus voces me llegaban siempre algo lejanas, ajenas.

—El arte del *Shibari* es como un abrazo a través de las cuerdas —aseguraba solemne el Maestro— y tiene su origen en una de las dieciocho habilidades del guerrero samurái del antiguo Japón.

—Sí, lo sé —interrumpía Ella con tono de aburrimiento—. Ya me lo habías dicho.

—Es que es sumamente importante —insistía el Maestro—, hay quien, en su ignorancia, cree que se trata de una mera técnica o una forma de *bondage*, algo pornográfico y meramente sexual y se pone a practicar las ataduras como quien hace nudos marineros o macramé y lo único que logra es el desprestigio de esta maravilla a la vez que hace el ridículo. Yo quiero que tú llegues a ser una verdadera maestra de las cuerdas, una *nawashi*.

Así, aprendimos que las cuerdas son las extensiones de los dedos del amante, que ellas te permiten acariciar, rozar y presionar distintas partes del cuerpo de la persona atada, para producirle placer o provocarle deseo; pero también que las cuerdas pueden ser peligrosas si son usadas por manos inexpertas. Porque las cuerdas no son inofensivas.

—La presión de la atadura debe ser la precisa —indicaba el Maestro—, si es demasiada, puede causar daños en los tendones, en la piel o, incluso, problemas circulatorios. No lo olvides nunca.

Ella asentía con cara de alumna aplicada y luego me guiñaba un ojo con picardía.

Un día, el Maestro nos llevó a ver una exhibición privada de *Shibari* ofrecida por un gran maestro. Yo iba muy contenta, pero Ella parecía poco animada.

—Creo que estoy empezando a cansarme de tanta cuerda —me susurró al oído cuando llegamos al local donde un reducido grupo de seguidores esperaban la demostración del experto.

En el centro de un gran salón, decorado con estética japonesa, un hombre de unos cincuenta años, alto y delgado, con una larga melena blanca, recogida en una trenza que colgaba sobre su hombro derecho, y vestido con una especie de pijama oriental que parecía de lino crudo, nos recibió con gesto amable. A su lado, una mujer morena de piel blanquísima, vestida con un conjunto de lencería verde oscuro, esperaba sus indicaciones.

—Bienvenidos todos —saludó el hombre con voz suave y profunda—, espero que esta sesión os resulte interesante y os ayude a comprender la verdadera naturaleza de este sagrado arte. En mis sesiones, siempre quiero tomarme el tiempo necesario para desarrollar una conexión con la modelo y de esta manera lograr un intercambio emocional más allá de los aspectos técnicos de las ataduras.

»Por eso, antes de comenzar, os quiero hacer notar la diferencia entre el *Shibari* y el *Kinbaku*.

»*Shibari*, para mí, es el mero hecho de atar con un estilo japonés y con una estética japonesa acorde.

»Pero para que una sesión de cuerdas pueda calificarse como *Kinbaku*, uno necesita compenetrarse con la mujer y tocar su alma. Sé que para mucha gente, sobre todo para la mirada de los neófitos o aquellas personas que no trabajen en el ambiente profesional, será muy difícil identificar la diferencia, pero ese es el modo en que yo lo veo...

El Maestro estaba embelesado con las palabras que escuchaba, pero Ella parecía cada vez más aburrida.

—Debería empezar ya y dejarse de tanto rollo —me

comentó en voz baja con cara de fastidio; aunque su expresión cambió en cuanto empezó la sesión.

El hombre acarició con suavidad el cuerpo de la mujer. Por todas partes. Como si estuviera esculpiendo su figura y la hiciera nacer de entre sus manos. En un abrazo acogedor la acostó sobre el tatami del suelo y tomó unas cuerdas que, para mi sorpresa, eran de color rojo. En ese momento, comenzó a sonar una música peculiar, que no fui capaz de identificar pero que resultaba relajante y provocaba la extraña sensación de estar soñando.

La mujer parecía abandonada y a la vez deseosa, a la espera de notar las cuerdas sobre su piel. El primer nudo le ató las muñecas a la espalda, la mujer colocada boca abajo sobre el tatami.

El hombre le acarició el pelo y después volvió a manipular las cuerdas. El color rojo de la fibra destacaba poderosamente en contraste con la blancura de su piel. Varias ataduras y caricias después, la mujer estaba arqueada, atadas las manos a los tobillos mediante un cruce de cuerdas que empaquetaba su cuerpo de forma preciosa.

La belleza de la figura fue completa cuando el hombre fabricó un arnés alrededor de sus caderas, cruzando la cuerda de manera que rozara su sexo y se quedara aprisionada en medio de sus nalgas. La mujer gimió cuando su atador apretó el nudo. A continuación, bajó el sistema de poleas que colgaba del techo y enhebró en él la cuerda. Con un movimiento suave y firme elevó a la mujer en el aire y la dejó balanceándose como un extraño y bellísimo insecto.

La música dejó de sonar.

Un silencio expectante se apoderó de la sala. El hombre se acercó más a la mujer y acarició su sexo, ella comenzó a gemir, cada vez con más intensidad, hasta que llegó al orgasmo y un último quejido sonoro, resonante, hizo vibrar el espacio.

Los pocos presentes quedamos aturdidos, impactados por la enorme cantidad de energía que se acababa de desplegar ante nuestros ojos; excitados por el placer intenso de la mujer y la maestría de su atador y embelesados por la belleza de los cruces de las cuerdas rojas sobre la piel tan blanca y el encaje verde oscuro de la lencería.

Los pechos de la mujer, generosos y rotundos, se ofrecían aprisionados por las cuerdas, los pezones erizados por el goce parecían atravesar la blonda.

—Dan ganas de lamer esos pezones, de mordisquearlos sin parar —me susurró Ella, que, por el brillo de sus ojos, parecía muy excitada—. Este tío sabe lo que hace; casi me corro yo también.

Después de descolgarla y desatarla con enorme dulzura, el hombre volvió a hablarnos.

—Como habéis podido observar, esta sesión ha sido más *Kinbaku* que *Shibari* —mientras él hablaba, la mujer seguía acostada sobre el tatami, relajada y con un gesto de felicidad que dibujaba una leve sonrisa en sus labios—. Habéis sido testigos de la comunicación entre dos personas utilizando la cuerda como medio; de una conexión establecida entre dos corazones. Ahora sabéis que atar a otro no tiene que causar, necesariamente, dolor sino que la cuerda puede abrazar con amor. Esta es mi técnica; así es como yo desarrollo mi arte.

Su delicadeza y pericia dejaron impresionados a Ella y maravillado al Maestro que puso en práctica con nosotras durante una buena temporada todo lo que había aprendido aquel día.

Un viernes, Ella me fue a buscar al trabajo. Quería invitarme a cenar y que saliéramos luego a tomar una copa. Quería verme sin la presencia del Maestro: que estuviéramos a solas. Acepté encantada: ¿a quién no le gusta una noche de chicas?

Durante la cena, Ella estuvo muy animada, charlando sobre su vida y sus planes de futuro.

—No creo que vaya a dedicarme a eso del *Shibari* como quiere el Maestro —me confesó en la terraza donde tomamos la primera copa.

—¿Estás segura? —pregunté extrañada—. Creí que te gustaba…

—Pues no creas, empieza a cansarme. Me parece un rollo para masocas o un mero negocio pornográfico; como dice el Maestro: hay mucha pose y mucho desconocimiento. Además, a mí no me pone tanto como esperaba; en el fondo me aburre.

—Entonces, ¿qué es lo que te gusta a ti? —en el mismo momento de formular la pregunta, me arrepentí de haberlo hecho. Estaba casi segura de conocer la respuesta y no quería escucharla de sus labios.

—A mí me gustas tú; ¡ya lo sabes!

No dije nada más, solo le devolví una risita estúpida, como de tomármelo a broma, como de quinceañera bobalicona y me dejé llevar por Ella hasta un local que no conocía.

—Ya verás, estoy segura de que este sitio te va a gustar —anunció antes de entrar, mientras me abría la puerta y me cedía el paso—. Hoy me he propuesto enamorarte.

El lugar era un garito oscuro, con luces fosforescentes en la barra y sobre los dinteles de lo que parecían entradas a otras estancias, ocultas tras cortinas de terciopelo dorado. Ella pidió dos copas y me cogió de la mano.

—Ven —me dijo—, mira esto.

Apartamos una de las cortinas y accedimos a una sala en la que varias poleas y cadenas colgaban del techo. Apenas iluminada por una penumbra rojiza, la sala parecía una mazmorra de película pésima. Sobre una tarima a modo de escenario y atadas a las cadenas y a las cuerdas, tres jóvenes medio desnudas se retorcían y gemían mientras que un supuesto atador de pelo largo, vestido con pantalones y chaleco de cuero, las azotaba débilmente con un látigo terminado en varias tiras, también de cuero.

La sala estaba llena de gente mirando la escena con una avidez etílica que me resultaba desagradable. Todo era feo, zafio, soez. Mi gesto debió delatar lo que sentía porque Ella se dio cuenta enseguida de mi rechazo.

—¿No te gusta?

—No, es horrible.

—Creí que te ponía esto del sadomaso —me dijo, visiblemente sorprendida.

—No, no es eso lo que me pone...

—Entonces, ¿qué es?

—Salgamos de aquí —la sordidez del espectáculo se

me estaba haciendo insoportable—, mejor te lo cuento fuera.

Apuramos la copa y salimos del local. El fresco de la noche me vino bien para recobrar el aliento y el ánimo.

—A mí lo que me gusta, lo que de verdad me pone, es percibir el deseo de los otros hacia mí...

—Pero entonces, ¿lo del *Shibari*? —Ella no entendía nada.

—Eso es la excusa —confesé—, y me gusta, sí, pero empezó a gustarme porque el Maestro me deseaba muchísimo y no podía decirle que no...

—¿Quieres decir que te da igual que te ate el Maestro o que lo haga otra persona?

—No, eso no, porque lo de atar no es una broma y el Maestro sabe lo que hace, es el único del que me fío, no quiero a otro. Me fío de su pericia y de sus conocimientos, pero lo que me pone es su deseo, por eso estoy con él. Aunque, ahora, él te desea a ti; de mí se ha cansado.

—Entonces, ¿por qué sigues con él? ¿Por qué no le dejas?

—Porque él te ha traído a mí y tú me deseas.

Ella pareció comenzar a entender y un gesto de perplejidad y miedo asomó a su rostro.

—¿Eso significa que te gusto, que puedes llegar a quererme? ¿O quiere decir que lo único que te gusta de mí es mi deseo?

—No lo sé.

—No eres como yo pensaba —dijo con tristeza.

—Tú sí —le respondí cariñosamente, echando un brazo por encima de su hombro.

—A mí me gustan más las mujeres —Ella se repuso al

instante y comenzó a hablar con despreocupación, casi bromeando.

—Pues a mí no me disgustan…

—Entonces, cumpliré mi propósito y haré que te enamores de mí esta noche, aunque tenga que cambiar de planes.

Me llevó a su casa, con la excusa de tomar allí la última, un apartamento pequeño y acogedor no muy lejos del centro. Nos sentamos en el sofá y, al momento, comenzó a acariciarme, después me besó en el cuello. Pasó su dedo por mis labios, antes de lamerlos delicadamente. Su lengua en mi boca tenía un sabor dulce y caliente, terriblemente excitante.

Apartó el top de lentejuelas que llevaba y acarició mis pechos, mordisqueó mis pezones y buscó con ansia entre mis piernas.

—Aquí no —le dije para aumentar su deseo—, llévame a la cama y desnúdate.

En su habitación nos desnudamos, todavía de pie, mirándonos. Los ojos de Ella eran brasas, sus mejillas ardían. Nos tendimos desnudas sobre el lecho.

—¿Quieres que te ate? —preguntó antes de tocarme—. Ya sabes que sé hacerlo, ¿o no te fías de lo que he aprendido?

—No, no hace falta. Bésame.

Nos besamos y nos acariciamos como si nos viéramos por primera vez. Sus pechos grandes y pesados eran deliciosos y su lengua jugueteando en mi sexo me llevó al clímax varias veces. Sus dedos me penetraban con ansia, su boca me succionaba con avidez y sus brazos me abrazaban con anhelo. No necesitaba cuerdas. No necesitaba nada, solo el deseo de Ella encendiendo el mío, devorando mi cuerpo.

—¿Te ha gustado? —preguntó cuando al fin terminamos.

—Muchísimo.

—Entonces, ¿tengo posibilidades? —preguntó esperanzada—. Estoy enamorada de ti y me gustaría ser correspondida...

—Eso es otra cosa —aseguré sin dejarme conmover por su sonrisa triste—. Yo nunca me he enamorado, nunca he querido a nadie.

—¿Cómo es posible? —Ella se incorporó y encendió un cigarrillo—. Todo el mundo se ha enamorado alguna vez.

—Yo no, te lo aseguro.

Ella quedó en silencio, fumando pensativa.

—Uno de esos días en los que el Maestro me explicaba cosas sobre su arte, me contó una historia muy curiosa sobre las ataduras —la voz de Ella era suave y sus ojos estaban llenos de lágrimas—. ¿Quieres que te la cuente?

—¡Claro! —contesté incorporándome también.

—Pues verás, según el Maestro, no es casual que el arte de la atadura tenga su origen y se haya desarrollado en Japón, ya que el uso creativo de cuerdas y envoltorios ha formado parte de su tradición social y cultural ya desde el periodo *Jōmon*, que significa literalmente «diseño de cuerda» y que se llama así debido a los hermosos patrones que realizaban mediante sogas de yute en piezas de alfarería —explicó Ella sin mirarme—. Envolver cuidadosamente los obsequios es también un arte con sus propias reglas. Las ataduras en Japón casi siempre son sagradas; hasta en la religión sintoísta tienen un papel muy importante: las cuerdas llamadas *shimenawa* marcan los lugares considerados puros o sagrados, como los templos o los árboles donde habitan los espíritus…

—¡Qué interesante! —exclamé intentando parecer más animada de lo que realmente me sentía—. ¿Y cuál es esa historia que ibas a contarme?

—Dicen que una vez, el maestro zen Ejo Takata le regaló a Jodorowsky un paquete intrincadamente envuelto. Cuando, tras mucho esfuerzo, logró desenvolverlo, el escritor chileno vio que estaba vacío: el auténtico regalo era la experiencia estética, efímera e irrepetible, de deshacer la hermosa y complicada atadura.

—¡Qué extraño! —volví a exclamar, quedándome luego pensativa.

—Lo es —aseguró Ella, y me miró a la cara, sus ojos reflejaron una tristeza profunda en la que no parecía haber ni un ápice de esperanza—. Ha sido una historia que se me ha quedado grabada y ahora pienso que tú eres como ese regalo: una bellísima envoltura totalmente vacía.

Sus palabras me dejaron durante un tiempo una sensación incómoda, una melancolía pegajosa, como un mal presagio. Durante muchos días, Ella siguió con nosotros, aprendiendo del Maestro, practicando conmigo sus nuevos conocimientos, haciéndome el amor en su casa, a solas.

Hasta que el Maestro decidió que podríamos hacer entre los tres un espectáculo de *Shibari* en un club muy prestigioso de la ciudad. Yo estuve de acuerdo de inmediato, pero Ella se negó tajantemente.

—Yo no hago esto por dinero, no quiero convertirlo en un trabajo. No quiero exhibirme en ningún sitio. Para mí esto es algo muy íntimo: lo hago por ti —dijo mientras me miraba.

El Maestro quedó impactado al oírla; él siempre cree que es el centro del mundo y pensaba que Ella le quería. Pero el desengaño no le impidió seguir insistiendo y rogándole que se lo pensara, que llegaría a ser una gran maestra de cuerdas, admirada y valorada: pocas mujeres eran tan buenas.

Pero la decisión de Ella fue inamovible. También el ultimátum que me impuso.

—Ven conmigo y deja todo esto. Yo no puedo seguir con vuestros juegos, porque te quiero cada vez más y acabarás haciéndome daño.

—Lo siento mucho —realmente sentía perderla y se lo expliqué con toda la delicadeza de la que fui capaz, porque no quería causarle más dolor—, pero no puedo seguirte. Mi sitio es este y sabes los motivos.

Ella se marchó una tarde de otoño y el Maestro y yo nos quedamos más apagados, más grises que las nubes que acompañaron su despedida. Ya no la he vuelto a ver.

Sigo con el Maestro, actuamos en ese club de prestigio. Nuestras actuaciones tienen mucho público, entusiasman a la gente. En ocasiones, el Maestro y yo tenemos sexo durante la atadura, lo hacemos para un público más selecto, que paga mejor. Para él es un sexo mecánico, un trabajo, parte del espectáculo. Para mí es lo mejor que me ha pasado, porque en cuanto subo al tatami, noto la mirada de la gente, su deseo, su avidez. Quieren poseerme, devorarme, atarme como hace el Maestro, y eso me basta, me llena, me inflama.

Luego, cuando me ata, me libero y la gente desaparece, ya no hay nadie alrededor, solo el deseo de todos flotando en el aire, acariciándome como las cuerdas. No sé ni donde estoy, pierdo totalmente la noción del tiempo y del espacio.

Tengo plena confianza en el Maestro, por eso me dejo llevar, por eso le necesito. Él está contento conmigo. Me mira con la satisfacción con la que se mira a la mejor posesión, a la sumisa que le seguirá a donde vaya sin cuestionar nada. Hay en su mirada un cierto punto de condescendencia. Ya apenas me desea, pero le gusta tenerme así, a su merced, para utilizarme a su antojo.

Porque el Maestro piensa que le amo, que soy plenamente suya, que le pertenezco.

Porque el Maestro no ha entendido nada.

NADANDO ENTRE TORTUGAS

por Mª Pilar Doñate Sanz

El trayecto en barco desde Marsella a Numea me robó media vida. No recuerdo exactamente cuántas semanas estuvimos navegando, en mi memoria solo queda la imagen repetida de la luna creciendo hasta su máximo esplendor y decreciendo como una flor marchitándose, junto al vaivén de la marea y los delfines que hechizados por la luz acompasaban su ritmo. Podríamos haber llegado antes a nuestro destino, pero el capitán tenía por costumbre parar unos días en el puerto chino de Macao para olvidar con whisky su penosa existencia y satisfacer sus instintos más primarios con jovencitas de corta edad cuya única salida era vender su cuerpo, y las decisiones, por mucho que me pesara, las tomaba él. Desde que embarqué sabía que tenía que atenerme a las normas, al fin y al cabo me permitieron hacer la travesía en aquel barco cuyo único objetivo iba a ser transportar níquel extraído de Nueva Caledonia, para que pudiera reunirme con mi marido, uno de los principales accionistas de las minas, afincado en la isla desde las últimas revueltas independentistas kanak.

Mi recuerdo toma cuerpo únicamente a partir del día que atracamos en el puerto de Numea. Quizá porque fue allí donde mi vida empezó a tomar un rumbo completamente diferente al que tenía planeado. Un grupo de indígenas nos recibió con bailes tradicionales de Oceanía, ataviados con vestimentas en consonancia y un maquillaje que antes solo había visto en algunas tribus africanas. Las mujeres lucían el «vestido misión o imperio», de colores vivos y una largura que sobrepasaba las rodillas, y sobre sus orejas unos hibiscos rosas, rojos claros, como los que dibujaba Gauguin en sus cuadros de la Polinesia. Los blancos, a quienes se les llamaba *caldoche*, bailaban junto a ellos, intentando quizá recrear un lazo que los acontecimientos políticos hacía tiempo que habían roto. Ente la multitud apareció Seb, vestido de colono —como le solía decir yo—, con un traje de chaqueta blanca y un sombrero incapaz de dar sombra. El sol lo invadía todo, hasta el racismo oculto. Se acercó a mí con un collar de flores frescas y, posándolo sobre mi cuello, me dio la bienvenida. Apenas me dedicó un discreto beso sobre la comisura de los labios. Lo noté cambiado, mucho más delgado y con un entusiasmo que no correspondía a los dos años que llevábamos separados. No se lo tuve en cuenta, nunca había sido demasiado expresivo. No me preguntó nada, se limitó a cogerme del brazo y abrir paso entre la muchedumbre para llevarme a un *pick-up*. «Coge el equipaje», le dijo a un chico de corta edad al tiempo que le daba unos francos del Pacífico. Durante la media hora que duró el viaje hasta casa solo nos acompañó el silencio, así que aproveché para contemplar la vegetación salvaje que crecía desde una tierra que parecía estar en llamas. Era, a diferencia de la europea, completamente roja.

Estaba impaciente por llegar a mi nuevo hogar. Seb se había instalado en una casa del siglo XIX construida en la época en la que Napoleón decidió convertir Nueva Caledonia en isla penitenciaria. Ahí siguieron los problemas. El emperador expulsó a los kanak de sus tierras propiciando en 1878 la primera gran revuelta de los indígenas, muriendo muchos de ellos en la represión del Ejército francés. Por teléfono, mi marido me la había descrito con tanto detalle que hubiera sido capaz de distinguirla entre cientos. Un pórtico con pilares de madera, en el jardín esculturas de ancestros con narices prominentes esculpidas en sándalo, custodiada a ambos lados por palmeras. Se situaba sobre una colina, lo que permitía ver el mar. Sí, tenía ganas de llegar y darme una ducha y poder descansar en una cama mullida, las noches en el camarote habían sido claustrofóbicas; aunque lo que realmente deseaba era sentir el cuerpo desnudo de mi marido. El tiempo que habíamos pasado separados fue una tortura, no solo por no poder compartir momentos con él sino porque añoraba sus caricias, sus abrazos tiernos, el mordisqueo delicado alrededor de mi cuello. Es cierto que Seb no era muy hablador, que en ocasiones parecía ajeno al presente, pero era un amante excepcional, cuidadoso en cada movimiento. Sin embargo, tal y como había apreciado en el puerto, algo había cambiado en él, incluso en la manera de hacer el amor.

Cuando por fin paró el motor, reconocí el lugar como si hubiera estado antes en él. Los pilares, las esculturas, las palmeras. Me quedé atónita contemplando todo, inmóvil. Pero a Seb le entraron las prisas, como si se tuviera que deshacer de algo cuanto antes. Una obligación. En ese momento no entendí de qué se trataba, pero no tardé en hacerlo. Me instó a que dejáramos las maletas en el *pick-up* y me llevó a la habitación. Pensé que había sentido ese deseo del reencuentro, en el que de manera cómplice la pareja empieza a unirse de manera progresiva y cada vez más intensa. Mirándose a los ojos. Gimiendo conjuntamente. Esperaba sus mordiscos en el cuello, sus susurros. Pero nada de esto ocurrió. No estaba equivocada, había algo de lo que se quería deshacer, y era de ese sentimiento de compromiso marital por satisfacerme. Él sabía lo importante que era para mí, llevaba meses explicándole que su cuerpo junto al mío se había convertido en una necesidad; por eso adelantó el viaje, ya que por un momento dudó de si le sería fiel. Así, nada más traspasar la puerta de la habitación me puso las manos sobre la cómoda en la que guardaba los sombreros. Dejé de verle la cara. Enfrente de mí solo había un trozo de pared blanco y un calendario con los días tachados. Se posicionó detrás. Con los pies me separó las piernas, al tiempo que me subía la falda hasta la cintura. Por un momento me sentí perdida y pensé que lo que estaba viviendo era algo parecido a lo que vivían las jovencitas de Macao cada vez que el capitán iba a visitarlas. No me dio tiempo a reaccionar. En apenas unos segundos Seb me había arrancado las bragas y había introducido su miembro dentro de mí. No pude mirarle a los ojos, ni gemir al unísono con él. La rapidez de sus movimientos le provocó un éxtasis inmediato. Yo no sentí nada, solo confusión. Se subió la cremallera, me dio un beso en la mejilla y me anunció que se tenía que ir a trabajar. En la habitación únicamente quedó de él el perfume que utilizaba desde que nos conocimos en la Sorbona y algo de sudor provocado, más que por la excitación, por el calor de la mañana. Mientras temblorosa me subía las bragas, vi desde la ventana cómo le daba mi equipaje a una chica kanak; debía ser Heia, la criada de la que apenas me había hablado. Sin más arrancó el coche y desapareció entre los cocoteros del camino.

Mis primeras horas en la tierra descubierta por el explorador inglés James Cook en 1774 no habían empezado tal y como había imaginado. De hecho, nada fue como me lo imaginé. En mis pensamientos aparecía la idea de continuar la vida con Seb de la misma manera que en París. Solo debería haber cambiado una cosa, mi trabajo. A partir de entonces ya no tendría que coger el tren todas las mañanas dirección Saint Germain en Laye para llegar al Museo Arqueológico Nacional entre lluvia y niebla, sino una motocicleta para acercarme a las tribus de la zona e investigar la cultura kanak —sus rituales, tradiciones, supersticiones, historia— con un clima que me ayudaría a superar mis problemas de asma. El resto tendría que haber permanecido en el mismo lugar en el que lo dejamos aquella mañana de enero de 1985 en la que mi marido recibió una llamada del capataz de la mina de níquel de Thio, para comunicarle que las revueltas indígenas se habían agudizado.

Un joven de diecisiete años de la localidad había sido asesinado por manos independentistas. La violencia se extendió como la pólvora. Comercios quemados, casas apedreadas. La extracción de la mina fue paralizada por un grupo armado. La tensión en todo el territorio aumentaba cada día que pasaba, lo que obligó a Seb a partir hacia aquella isla de Oceanía dividida entre franceses y aquellos kanak que querían continuar formando parte de Francia y los que reclamaban ser independientes de una metrópoli que se encontraba a miles de kilómetros y con la que nada tenían en común; ni siquiera algo fundamental, el respeto por la madre naturaleza.

Alguien llamó a la puerta de la habitación, a pesar de que estaba abierta. Era Heia, con mis maletas. La hice pasar, y cuando la tuve enfrente me acerqué para darle dos besos y así presentarme como tenía por costumbre, pero ella saltó hacia atrás cual gato frente a un perro y bajó la cabeza. En ese momento me di cuenta de que ya no estaba en Europa y de que, tal y como me habían enseñado en la carrera de Antropología, cada cultura tiene un lenguaje diferente y lo más inteligente es empezar por observar y no imponer, imitar y ser lo menos posible imitado para que cada pueblo siga con sus tradiciones sin ser demasiado contaminadas. Así que me disculpé con un «lo siento» y no sabiendo muy bien cómo salir de aquella situación embarazosa opté por abrir mi bolso y ofrecerle unos caramelos de lavanda que había comprado en Marsella, confiando en que aquello formara parte del lenguaje universal. Pareció gustarle la idea porque levantó la cabeza rápidamente y no dudó en coger un puñado de dulces, permitiéndome deducir que aunque ambas hubiéramos crecido en lados opuestos del planeta había más cosas que nos unían de las que nos separaban, y una de ellas era el gusto por las golosinas. Todo parecía retomar un clima de normalidad hasta que la escena se vio interrumpida por el llanto de un niño en el jardín. Heia salió corriendo. Seb no me había comentado que la sirvienta tenía un hijo, como tampoco me había hablado de la belleza de la mujer que cuidaba de la casa. Tenía unos ojos de lince con los que no me cabía la menor duda de que podía ver en la oscuridad, unos labios que me recordaron la luna creciente que había contemplado durante noches en el barco, con una luz resplandeciente, un moño esculpido con la misma delicadeza que habían sido creadas las esculturas que decoraban la entrada de la vivienda. Entendí al verla que no me hubiera hablado de ella porque solo con la descripción de su figura hubiera sido yo misma capaz de sucumbir a sus encantos, como le debió ocurrir a Seb al conocerla. La prueba de aquella atracción que producía Heia estaba en el jardín, llorando. Cuando me asomé y vi el niño, un niño mulato de poco más de un año, era la viva imagen de mi marido.

En ese mismo instante decidí que no le preguntaría sobre su paternidad, para mí estaba más que constatada, la edad me había llevado a aprender a almacenar cuestiones que lo único que pueden provocar es un mal mayor. Había aprendido a naturalizar escenas que en mi juventud no hubiera dejado pasar por infligir la moralidad, la ética, el respeto, aspectos que fueron perdiendo peso a lo largo de los años basculando toda importancia en el hecho de vivir un día más. Aunque tampoco desaparecieron del todo, simplemente los nutrí de un significado diferente. En los dos años que Seb y yo habíamos pasado separados nunca dejó de decirme por teléfono cuánto me quería y lo importante que era en su vida. Creo que a mis cuarenta años ya me conformaba solo con eso, con estar casada con alguien que, a su manera, me quería. De todas maneras tampoco creí necesario hablar, porque la evidencia no descansó únicamente en la similitud de los rasgos de un niño con los de mi marido; cuando Seb volvió por la noche a casa, le vi en mitad de su idilio sin que él se percatara de mi presencia, pensando que yo todavía dormía.

Cuando Heria salió de la habitación me di una ducha de agua fría para sacudirme la temperatura y me tumbé sobre la cama. Estaba tan cansada del viaje que en cuestión de segundos me sumergí en un sueño profundo en el que ninguna imagen onírica fue capaz de proyectarse en mi mente. La diferencia horaria también influyó en mi estado; cuando en París era de día, en Numea era de noche, algo a lo que mi cuerpo tenía todavía que acostumbrarse. No obstante, me enteré cuando Seb llegó, debido al ruido del motor del *pick-up* así como el sonido de las llaves de casa. Era tarde, no supe exactamente la hora porque se me había caído el reloj por la borda mientras atracábamos en Macao, justo cuando intentaba modificar las agujas para adecuarlas a su sitio. El tiempo avanzaba a cada milla que recorríamos. Era un viaje al futuro. A partir de entonces solo me quedó la posición del sol para averiguar si era la hora de comer o la de cenar. No obstante, supuse que eran en torno a las dos de la mañana porque las últimas semanas que hablé con mi marido por teléfono me había dicho que salía sobre esa hora de la oficina, dado que era el único momento en el que podía contactar con los despachos de París. El trabajo estaba siendo complicado, las revueltas indígenas iban en aumento. La tensión se respiraba en toda la isla. Supuse que vendría a darme un beso en la mejilla como cuando vivíamos en el apartamento de la *avenue* Montaigne. Primero se sentaba en la silla que teníamos al lado de la cama para mirar mi rostro apacible durmiendo, para luego levantarse y darme un beso en la frente con cuidado, para no despertarme... aunque durante ese rato yo simplemente fingía, dejando mis párpados bien cerrados.

En mi primera noche Seb no retomó el ritual, no se sentó a mi lado ni me dio un beso en la frente, ni en ningún otro sitio, limitándose a venir a la habitación para cerciorarse de que estaba dormida. Como no había mucha luz, aproximó su rostro junto al mío. Noté su respiración sobre mi mejilla izquierda, llegándome el olor a su perfume y la esencia de su testosterona de macho excitado a punto de copular. Teatralicé una vez más mi estado de sueño, pensando que quizás se lanzaría delicadamente hacia mis labios, pero no ocurrió. La excitación no venía provocada por mi presencia. Se apartó de mi lado y salió girando ligeramente la puerta, como si no quisiera que me enterara de lo que iba a ocurrir. Sin embargo, escuché cómo sus pasos se dirigieron inmediatamente hacia la habitación de Heia. No pude odiarlo, quizás envidiarlo, el exotismo que desprendía la sirvienta superaba la simplicidad de mi tez blanca, de la monotonía que habíamos acumulado en los años de matrimonio en los que ingenuamente pensamos que sería para siempre, sin contar con que el destino no se puede controlar, se va haciendo solo según su antojo, y en nuestro caso decidió que la vida tradicional que habíamos proyectado, con trabajos estables, comidas rutinarias, hábitos inamovibles, la historia nos lo cambiaría por completo.

Sigilosamente, me levanté de la cama y me asomé al pasillo. La puerta de la habitación de Heia estaba cerrada y Seb estaba con ella, no era una hipótesis, las suelas de sus zapatos todavía con polvo de la mina habían dejado marcados sus pasos en el suelo de cerámica azulada. Habían apagado la luz. El corazón se me comprimió en un puño. No pude volver a la cama y me sentí incapaz de abrir la puerta que me hubiera llevado a una confrontación desagradable. No tenía ganas de discutir, de empujarle a que eligiera a una de las dos; al fin y al cabo ya había tenido un hijo con ella y, además, les había visto la mirada de enamorados cuando por la mañana él le pidió que sacara mi equipaje del *pick-up*. Pero necesitaba verlo con mis propios ojos, hacer frente a una realidad dolorosa pero, al fin y al cabo, real. Así que con los pies descalzos y sacudiéndome algunos de esos mosquitos tropicales ávidos de sangre, salí de la casa y me dirigí hacia la ventana de su habitación. La persiana estaba subida, las cortinas entreabiertas. En silencio me situé en una esquina imitando la figura del tronco de una de las palmeras mientras veía sus cuerpos entrelazarse bajo la mosquitera. Seb la acariciaba como lo hizo conmigo cuando nos conocimos, allá en 1968.

París estaba viviendo una de sus revoluciones más importantes. Había asambleas en las universidades, en las calles, en los bares. Coincidí con Seb en una de ellas, en la Sorbona. Se hablaba de maoísmo, de la Revolución cubana, de la guerra de Vietnam. El que se convertiría en mi marido levantó la mano y criticó el colonialismo en África y Asia. ¡Qué paradójico!, nos convertimos en lo que criticamos. Años después Seb se hizo socio de una compañía que explotaba los recursos de una isla. Suele pasar, parece que los ideales se van desvaneciendo con la vejez. Pero en ese momento éramos jóvenes y queríamos comernos el mundo, queríamos cambiarlo todo. Cuando finalizó la asamblea coincidimos a la salida. Estaba lloviendo a mares y me quedé esperando en las escaleras a que amainara. Seb me cogió del brazo y me puso bajo su paraguas. «Te llevo a donde me digas», me dijo. Lo cierto es que en un primer momento no me atrajo físicamente, no era uno de esos chicos guapos en los que nos fijábamos en la cafetería, sin embargo tenía una manera de hablar que embelesaba, algo que fue perdiendo con el tiempo hasta convertirse en un hombre silencioso, algo que siempre relacioné con la culpabilidad que produce la pérdida de principios. Aunque el paraguas nos cubría las cabezas, no era lo suficientemente grande para los dos, así que conforme íbamos andando nuestras vestimentas se mojaban. Recuerdo que tenía los pies completamente empapados, algo que por cierto odiaba con toda mi alma. Así que Seb propuso finalmente que fuéramos a su apartamento. Yo acepté con agrado.

Allí nos deshicimos de las chaquetas y nos pusimos cómodos. Mientras él preparaba un té de menta al estilo marroquí, yo me quedé en el comedor merodeando en su biblioteca. Había libros muy interesantes, lo que despertó mi curiosidad por su persona ya que a la gente también se la conoce por lo que lee. En la pared tenía colgado un dibujo de niño en el que aparecían dos figuras adultas con dos círculos como ojos y un palo como nariz. En el medio, cogido de la mano de ambos, había lo que deduje que sería el hijo, con una sonrisa trazada con un color rojo que le daba a los labios una imagen de sandía. «Fue un dibujo que hice cuando tenía cinco años», me dijo Seb mientras entraba en el comedor con las tazas de té. Nos instalamos en el sofá y olvidamos por completo la bebida. Claro, eran los sesenta, los dos nos habíamos interesado por el amor libre, un amor libre con el que años después decidimos acabar para casarnos y sernos fieles. Otro principio que mandamos a la basura. No tomamos el tiempo de seducirnos quitándonos la ropa el uno al otro delicadamente. No. Los dos en ese momento sabíamos lo que queríamos y no había tiempo que perder. Ambos nos desnudamos de nuestro lado, hasta que no quedó nada sobre nuestros cuerpos, ni siquiera un collar. Le hice que se tumbara en el sofá, no iba a permitir abrirme yo de piernas, tenía que dominar, mayo del 68 era también una revolución feminista. Así que una vez tumbado me senté sobre su miembro y empecé a mover mis caderas a toda velocidad, mientras él apretaba con fuerza mis pechos, como si de la cuerda de un caballo desbocado se tratara, excitándome todavía más. Gritamos como locos sin importarnos que los vecinos nos escucharan, al revés, era algo que parecía gustarnos a los dos. Sin embargo, esta sensación de desinhibición sin límites, en la que solo primaba el sexo, se transformó cuando empezamos a enamorarnos. El sentimiento de amor nos volvió gilipollas, quitándonos la pasión y el frenesí por las caricias y los susurros, algo que sin lugar a dudas era tierno, pero que eliminó nuestro instinto más salvaje.

Apenas me quedé un rato observando a Seb y a Heia. Estaba claro que mi intuición estaba más que justificada, así que sin más drama me fui a dormir. A la mañana siguiente, cuando me desperté, mi marido estaba al otro lado de la cama. Nos separaba un abismo. Nos quedamos mirándonos y él retiró con su mano izquierda el pelo que caía sobre mi rostro. «Lo siento», me dijo, «pero me tengo que ir a la isla de Ouvea». Las elecciones en Francia y el paso a la segunda vuelta de Jacques Chirac y Françoise Mitterrand en abril de 1988 recrudecieron la situación en las islas de Nueva Caledonia. Habían empezado a enviar franceses a la isla para que fueran mayoría sobre los kanak, algo que aumentó nuevamente las tensiones. El FLNKS —grupo independentista— recrudeció las acciones y en Ouvea cuatro gendarmes habían sido asesinados y veintisiete tomados como rehenes. Seb me explicó que tenía gente conocida allí y tenía que verificar que todos estaban bien, cuando en realidad iba porque Heia tenía la familia en la isla y debía estar angustiada por lo que les pudiera haber ocurrido. «La sirvienta vendrá conmigo», finalizó. Y sin más se dispuso a preparar su equipaje. Heia ya le estaba esperando en el *pick-up* con sus maletas y el niño sentado sobre sus piernas. Me comentó que para cuidar de mí, de la casa y del jardín llegaría un chico kanak de confianza. De alguna manera me sentí aliviada, no por el hecho de que viniera alguien a vigilar, a pesar de que las casas de los franceses estaban en peligro y en cualquier momento podían ser saqueadas o quemadas —la nuestra no era una más, era la casa de uno de los accionistas de las minas de níquel—, sino porque me permitía tener unos días a solas y digerir toda aquella situación con la que me había encontrado y que no hubiera podido ni sospechar el día que me embarqué en aquel barco en el puerto de Marsella. Cuando el vehículo desapareció sentí un profundo alivio.

Sin embargo, no me dio mucho tiempo a disfrutar de la soledad, apenas había empezado a prepararme el desayuno cuando llegó en una motocicleta vieja Kainga, mi supuesto Superman de la isla. Dejé lo que estaba haciendo para salir a recibirlo. Al verle tuve la misma sensación que cuando vi a Heia. Al igual que la sirvienta contaba con unos labios en forma de media luna que iluminaban todo, y unos ojos de lince con los que también estaba segura que podía ver en la oscuridad. Aunque él no llevaba un moño sino que había transformado su pelo en rastas al más puro estilo jamaicano. Era un ser sublime, aunque más joven que yo, quizás no hubiera cumplido los treinta lo que de manera inconsciente me bajó la libido. Es curioso, me habían educado a que en una relación el hombre tiene que ser mayor que la mujer. Tonta de mí, me lo creí por mucho tiempo. Su figura perfecta me hizo pensar sobre si Seb lo había elegido de manera casual o que por el contrario me metió un cepo en casa para descargarse él de culpabilidad. Lo cierto es que nada de eso me importaba en ese momento. Así que, tras las presentaciones, le invité a desayunar conmigo en la mesita de la entrada. Creo que en otra situación Kainga no hubiera aceptado, asumiendo que lo mejor es una separación cordial entre empleador y empleado, pero en aquellos momentos de revolución en los que varios de sus amigos habían sido asesinados a manos del Ejército francés, aprovechaba cada instante como si fuera el último, algo que me pareció muy cuerdo y me hizo recordar que al fin y al cabo es como se debería vivir; con guerra civil o sin ella, siendo francés o kanak, a todos nos esperaba el mismo final en esta tierra. La muerte.

Así que desde el primer momento cambiamos los roles. Los dos seríamos dueños de la casa y viviríamos los días que nos tocara vivir juntos colaborando. No habría patrón, ni servidumbre, ni colonialismo; yo no sería más que él por ser blanca, seríamos seres libres, algo que me llevó a recuperar mi esencia, el espíritu de Mayo del 68 que las responsabilidades de la vida o el capitalismo exacerbado me habían llevado a olvidar. Durante el desayuno empezamos a conocernos. Le expliqué a Kainga que era antropóloga y que durante años había trabajado como investigadora en el Museo Arqueológico Nacional. También le manifesté mis ganas de conocer su cultura, las tradiciones, las costumbres, la historia. Supongo que me embalé a contarle todo aquello porque necesitaba hablar, desahogarme y escuchar su punto de vista sobre mi proyecto, quizás él me podía ayudar. Asimismo, creo que acaparé la conversación pensando que de lo único de lo que él podría hablarme era de sus días de caza, de la recogida de cocos, de la fabricación de artesanía, algo en lo que estaba interesada pero que quizás le podía incomodar. Me traicionaron las apariencias, los prejuicios, algo de lo que todos solemos, desafortunadamente, pecar. Supongo que fueron sus orígenes kanak, sus rastas, la manera que tenía de vestir, aquella moto vieja. Cuando por un momento me callé, Kainga, que en ese instante estaba comiendo un pedacito de papaya, empezó a hablar. «Pues bien», dijo, «por lo que respecta a mí», continuó. A partir de esa frase no pude sino quedarme boquiabierta, pensando en lo estúpida que podía llegar a ser. Mi nuevo compañero de casa había estudiado Botánica en Sidney. Australia estaba cerca de Nueva Caledonia y los que podían se iban allí a trabajar o a la universidad. Algunos volvían, otros no. Kainga decidió hacerlo para estudiar las plantas de la isla, ya que no había mucha documentación al respecto; también porque le preocupaba la situación política. Aunque nunca se lo confesó a Seb —para quien trabajaba desde hacía meses, pensando estar con un afrancesado—, era independentista. No obstante, estaba firmemente convencido de que la independencia debía ser alcanzada con medios pacíficos.

Todavía no habíamos terminado de desayunar cuando Kainga se levantó y se subió a la moto. Pensé que quizás hubiera dicho o hecho algo que le pudiera haber molestado, o que simplemente era uno de esos neuróticos que sin más se van, me había cruzado con unos cuantos en mi camino. No acerté en nada. «Sube», me dijo.

Creía que era una broma. Yo estaba todavía con el camisón, aunque tranquilamente aquel trapo con mariposas podía pasar por un vestido, habíamos llegado a un periodo en la confección en el que la ropa de calle y de casa podían confundirse con facilidad. «Sube», insistió. Yo miré la mesa —los platos, los cubiertos, los vasos— no tenía por costumbre irme a ningún sitio sin tener las cosas recogidas. «Mayo del 68», me dijo una voz interna, y sin pensármelo más dejé todo y me monté en la moto sin saber adónde nos dirigíamos. Tomamos un camino estrecho por el que estaba claro que no pasaba mucha gente, era como un sendero solo conocido por los locales. La vegetación era abundante y diversa, por lo que Kainga paró en varias ocasiones. Quería mostrarme algunas de las plantas que había estudiado, su olor, la forma de los pétalos o de las hojas, las propiedades de cada una de ellas. Mientras me daba las explicaciones correspondientes yo solo podía mirarle a los labios, escuchando únicamente palabras sueltas de todo lo que decía —curativa, afrodisíaca, vitaminas—, estando tentada un par de veces de lanzarme sobre ellos, pero no quería romper la magia que se estaba tejiendo entre nosotros. Todavía no sabía si estaba casado, solo sabía de él que había estudiado en Australia, que le apasionaban las plantas, que le gustaba la papaya y que era un independentista pacífico. Además, la diferencia de edad que nos separaba me producía cierta inseguridad, me daba la sensación de que no podía atraer a un chico más joven. Con la edad mi cuerpo había cambiado, ya no era el mismo que fue a los treinta, ni mucho menos a los veinte. La silueta va cambiando, y en mi caso mucho más desde la operación que sufrí tras descarrilar el tren entre París y Saint Germain en Laye. Los médicos me anunciaron que no podría tener hijos. Por eso también era capaz de perdonar a Seb, siempre quiso tener uno. Ahora lo tenía.

Nuestra aventura en moto finalizaba en una especie de acantilado bajo el cual había una playa de arena virgen y aguas cristalinas. Kainga me explicó que era una zona tabú. Tabú en kanak quería decir sagrado, que nadie podía ir sin permiso del jefe de la tribu más cercana, de lo contrario los espíritus podían enfadarse. Pero Kainga consideraba que ya debían estar bastante enfadados porque la situación de la isla era insostenible; creía que hacía tiempo que los espíritus protectores les habían abandonado, de lo contrario no se hubieran dado los asesinatos por parte de ambos bandos. Así que dejó la moto escondida entre unos arbustos y me indicó cómo bajar por aquel lugar rocoso.

Cuando llegamos a la playa mi compañero de viaje no dudó en desnudarse completamente para acto seguido meterse en el mar. No pude evitar mirarle de arriba abajo al tiempo que mis pezones se elevaron ligeramente. Sentí una envidia infinita y no encontré ninguna excusa para no hacer lo mismo que él, así que sin más, me quité el camisón de las mariposas y me deshice de las bragas que unas horas antes Seb me había arrancado sin miramiento alguno. En esta ocasión me las quitaba yo para aproximarme a otro cuerpo mucho más joven que el suyo. Conforme empezamos a adentrarnos en el mar el número de tortugas nadando se multiplicaba. La experiencia era indescriptible. Había caparazones por todos los sitios. «Procura no tocarlas», me dijo Kainga en su intento de ser respetuoso con la naturaleza, algo que mi marido había olvidado.

Mientras nadábamos me explicó que los barcos de níquel que atracaban en los puertos generaban una contaminación que estaba provocando la disminución de algunas especies marinas y, lo más grave, estaban destruyendo la barrera de coral. ¡Qué paradoja! Seb, que fue uno de los primeros en hablar en las asambleas de la Sorbona en el 68 sobre la importancia de la ecología para conservar y tener un mundo mejor, hoy era uno de los promotores de su destrucción. Supongo que si no hubiera ido a Nueva Caledonia nunca lo hubiera percibido de esta manera, ya que aunque me cueste reconocerlo me había puesto una venda en los ojos que me impedía ver muchas cosas.

En un momento de suave oleaje, el cuerpo de Kainga cayó sobre el mío provocándonos unas risas cómplices. Noté de esta manera su miembro prominente sobre mi espalda. Fue una sensación majestuosa porque lo que me tocó fue pureza y sinceridad, algo que cada vez me costaba más encontrar en la sociedad. Tenía una piel tan suave que podría haber confundido su tacto con el mejor trozo de satén jamás elaborado. Las caricias mutuas mientras nadábamos entre las tortugas pasaron de ser un juego provocado por el vaivén del oleaje a un gesto premeditado por parte de ambos. Cuando por fin llegamos de nuevo a la arena intentó que me tumbara para situarse sobre mí. No le dejé. Hacía tiempo que no tomaba decisiones pertinentes, y ya había llegado la hora. Con gestos le invité a que fuera él el que se tumbara para luego yo sentarme sobre su sexo. Retomé mi lado más salvaje con movimientos impulsivos. Kainga no intentó atraparme con sus manos los pechos para utilizarlos de riendas sino que los alejó de mi cuerpo, dejando que el caballo se desbocara completamente sobre él. Grité como nunca lo había hecho, sintiéndome libre, dando las gracias a todos los ancestros y espíritus protectores que debían custodiar la playa por todo el placer que había sentido.

Tras el acto no hubo caricias ni abrazos, nos comportamos como dos animales que simplemente sintieron una atracción, unidos solo el momento que precisamos para desprendernos de la necesidad de copular. Nos limitamos a reír a pulmón abierto, dándole los dos el mismo significado a lo ocurrido y conscientes de que podría repetirse las veces que quisiéramos. Estábamos de paso por la vida.

Kainga me propuso hacer una hoguera y pescar algunos peces para comer. La idea me cogió por sorpresa. Nunca antes me había visto en una situación parecida, si de mí hubiera dependido atrapar algún ser acuático nos hubiéramos muerto de hambre, pero estaba claro, teníamos que alimentarnos y ahora ya no era la mujer parisina que iba al supermercado para cambiar productos por dinero. Nos habíamos convertido en una especie de náufragos que tenían que vivir con lo que su entorno les proporcionaba. En este caso algunos peces, y para beber el agua de algún coco del único cocotero que había crecido cerca de la playa. Así que le propuse a Kainga que se ocupara él de pescar mientras yo me afanaba en buscar algunas ramas caídas para hacer la hoguera. Era como volver al Neolítico, solo nos faltó dibujar unos mamuts sobre las rocas. Gracias a esta organización conseguimos comer algo y disfrutar una vez más de un baño con las tortugas.

Al atardecer volvimos a coger la moto, pero Kainga me explicó que era demasiado tarde para volver a casa; «peligroso», apostilló, así que nos detuvimos en una tribu en la que vivía uno de sus amigos. Sin embargo, no podíamos llegar con las manos vacías; los kanak tenían por costumbre hacer lo que denominaban la *coutume*, ofrecer un presente simbólico antes de pedir hospedaje, así que seleccionamos con criterio algunas de las plantas que encontramos en el camino. Al llegar a la tribu un hombre de constitución melanesia nos recibió. Por la manera que tenían todos de dirigirse a él, deduje que era el jefe. Kainga bajó la cabeza y extendió los brazos mostrándole lo que habíamos recolectado; empezó a hablarle pero lo hizo en una lengua autóctona que no entendí. Supuse que le explicaba por qué estábamos allí, al tiempo que le daba indicaciones de para qué se utilizaba cada planta, siguiendo las costumbres kanak. El jefe de la tribu hizo un gesto positivo y unas mujeres nos llevaron a una de las casas redondas que formaban el poblado. Kainga les preguntó si había novedades. Las mujeres explicaron que en Ouvea seguían secuestrados los gendarmes y que la violencia iba en aumento. Apenas quedaban unos días para saber si el nuevo presidente de Francia sería Chirac o Mitterrand. Pensé en cómo estarían Seb y Heria, en si les podía haber pasado algo. Al entrar en aquella especie de cabaña lo primero que hizo Kainga fue cerrar la puerta y mirarme fijamente. Reconocí rápidamente su sonrisa; era la misma que tenía cuando estábamos nadando entre las tortugas y el vaivén le llevó sobre mí. Los dos sabíamos que allí no podíamos gritar, éramos invitados, teníamos que ser discretos. Sin embargo algo era seguro, el instinto animal había aflorado entre ambos de nuevo. En esta ocasión le dejé que se pusiera sobre mí, decidí seguir con ese juego neandertal que habíamos iniciado en la playa mientras él pescaba y yo me ocupaba del fuego. Nos desnudamos con rapidez. Me tumbé en el suelo y me abrí de piernas, permaneciendo en aquella posición durante toda la noche. Kainga me dio muestras de su juventud, era infatigable y yo, ya no lo recordaba, era insaciable. Por la mañana salimos temprano, todavía no había nadie despierto en la tribu. Creo que me daba pena volver, me había acostumbrado en cuestión de horas a estar viajando en camisón sobre una moto destartalada. Pero al igual que todo tiene un principio, también tiene un final.

Sí, hubiera deseado seguir en aquella moto, y más cuando llegamos a casa y nos dimos cuenta de que la habían asaltado. Las esculturas de la entrada estaban por el suelo medio quemadas, la puerta la habían echado abajo. De las habitaciones aún salía humo. No dejaron un solo utensilio en la cocina. Los cuchillos además de para pelar les podían servir para matar, ya que a diferencia del Ejército francés y de los gendarmes, que contaban con buenos equipos de defensa, los kanak solo tenían aquello que iban encontrando, robaban o fabricaban. «Independencia», rezaba con un tizón negro sobre la pared de la entrada. Kainga me miró apenado.

«Tienes que irte de Nueva Caledonia», me dijo con tono serio. Mi compañero de viaje sabía que corría peligro allí y que no había nada que me atara a la isla; ni siquiera mi marido, a quien todo el mundo había visto pasear cogido del brazo de Heia. Acaramelados, felices. No se lo escondieron a nadie. Solo a mí. Algo que siempre le agradecí, porque de habérmelo dicho nunca hubiera cogido el barco que partió desde Marsella y por tanto hubiera continuado con un matrimonio que hacía tiempo que estaba muerto, hubiera continuado estando enamorada de aquel chico que conocí en la Sorbona que clamaba contra el colonialismo y luchaba por el medio ambiente, sin darme cuenta de que hacía tiempo que no existía. Y lo más importante, quizá no hubiera tenido la oportunidad de reencontrarme conmigo misma, con mi esencia salvaje, con mis principios. Kainga tenía razón, me tenía que ir de aquella isla que ardía en llamas por culpa del níquel, de las tierras, de su situación estratégica. Pero ¿para volver adónde? ¿A la nación que estaba permitiendo todo aquello? Suspiré, pensando que lo único que deseaba realmente era regresar a la playa y seguir nadando entre las tortugas.

La impresión de *El placer es mío* concluyó
el 28 de enero de 2019.
Tal día de 1873 nace Sidonie-Gabrielle Colette, más conocida
como Colette, novelista, periodista, libretista y artista de revistas y cabaré francesa, cuya obra (*La ingenua libertina, Lo puro y lo
impuro*) postula los derechos de la carne sobre el espíritu y los de
la mujer respecto al hombre.